一次學會

KK 音標

融合字母拼讀雙效學習

Cosmos Language Workshop • 編著

二版

American English
Pronunciation

如何下載 MP3 音檔

❶ 寂天雲 APP 聆聽：掃描書上 QR Code 下載「寂天雲－英日語學習隨身聽」APP。加入會員後，用 APP 內建掃描器再次掃描書上 QR Code，即可使用 APP 聆聽音檔。

❷ 官網下載音檔：請上「寂天閱讀網」（www.icosmos.com.tw），註冊會員／登入後，搜尋本書，進入本書頁面，點選「MP3 下載」下載音檔，存於電腦等其他播放器聆聽使用。

CONTENTS 目錄

Chapter 1 簡介

Chapter 2 母音篇

Chapter **3** 子音篇

Chapter **4** 相關發音 規則介紹

編者的話

　　本書是為學習英語的初學者編寫的，一共有20個單元。
在編撰此書時，我們秉持以下幾個理念：

- 每個單元收錄兩個以上的相近音，利用對比概念點出差異，
  加強理解力及鍛鍊辨音能力。

- 成人學習外語時都是有意識的學發音，因此本書提供圖文解
  說及專業美籍英語教師示範發音的MP3，幫助您掌握舌頭、
  嘴形、牙齒等發音需要的部位。

- 英語中同一個音標出現在單字中的不同位置，發音可能有細
  微差異，且有些音不能出現在字首或字尾，本書列出音標出
  現在字首、字中、字尾的規則，幫您理出學習脈絡。

- 我們從最高頻的2000詞中精選出超過700詞作為範例，並搭
  配彩圖，結合圖像記憶高效學習。

- KK音標是為母語非英語的學習者設計的音標系統，而字母
  拼讀法是為母語為英語的學習者設計的，我們結合兩套學習
  法，整理出每個音標最常見的拼字寫法對應，建議先學最常
  出現的拼字規則，再到延伸學習的部分學特別的拼字寫法，
  讓您一次學會音標，還能一舉累積字彙力！

- 學完發音及單字，再練習詞語與句子發音，讓您能自然應用
  在日常生活情境中。

- 本書亦提供生動的韻文，利用押韻及節奏性的特質，讓學習饒富趣味，且更能鞏固學習成效。

- 書中有8個練習單元，可檢測辨音能力，及增強朗讀能力，讓您學好發音，同時打造聽力耳、英語口。

- 書末介紹與發音相關的規則，如重音、連音及語調等重要概念，提供您進階學習的方向。

　　另外，傳統發音教學將英語的母音分為長母音、短母音，我們參考語音學的專業書籍後，發現語音學的研究中對此說法存疑，並非每個短母音唸起來都比長母音短，如短母音如[ɔ]的時間長度測出來竟比長母音[o]長。因此，本書在母音分類時僅以舌頭位置、唇形及發音時唇部肌肉的鬆緊度來區辨相近的母音，舉例如下：

[ɔ]：「舌頭在口腔後端，中低位置」、「嘴唇呈圓形」及「發音唇部肌肉較放鬆」

[o]：「舌頭在口腔後端，中間位置」、「嘴唇呈圓形」及「發音唇部肌肉較緊繃」

　　希望我們的用心讓您輕鬆掌握KK音標及相關發音規則，助您打下「見字讀音」的堅實基礎！

本書導覽

❶ 以對比相似音來編排單元，鍛鍊辨音能力

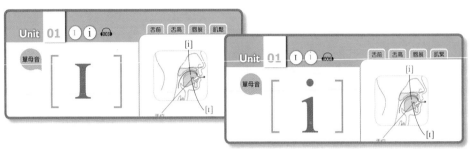

❷ 音檔編號

❸ 音標特色重點摘要

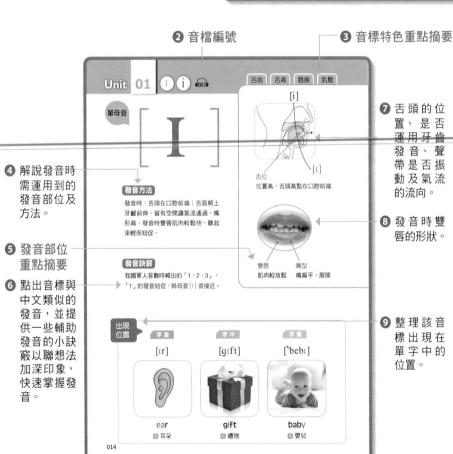

❹ 解說發音時需運用到的發音部位及方法。

❺ 發音部位重點摘要

❻ 點出音標與中文類似的發音，並提供一些輔助發音的小訣竅以聯想法加深印象，快速掌握發音。

❼ 舌頭的位置、是否運用牙齒發音、聲帶是否振動及氣流的流向。

❽ 發音時雙唇的形狀。

❾ 整理該音標出現在單字中的位置。

❿ 以最常用的單字舉例學習

⓫ 整理音標的拼字對應

01 i

fish	hill	kid	pin
[fɪʃ]	[hɪl]	[kɪd]	[pɪn]
魚	小山	小孩	大頭針

⓬ 提供單字音標、詞性及中文解釋

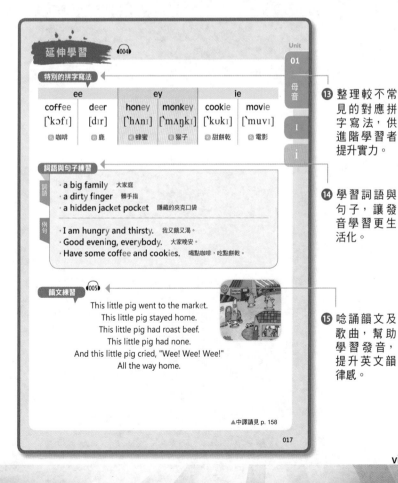

延伸學習 《004》

特別的拼字寫法

ee		ey		ie	
coffee	deer	honey	monkey	cookie	movie
[ˋkɔfɪ]	[dɪr]	[ˋhʌnɪ]	[ˋmʌŋkɪ]	[ˋkʊkɪ]	[ˋmuvɪ]
咖啡	鹿	蜂蜜	猴子	甜餅乾	電影

⓭ 整理較不常見的對應拼字寫法，供進階學習者提升實力。

詞語與句子練習

詞語
· a big family 　大家庭
· a dirty finger 　髒手指
· a hidden jacket pocket 　隱藏的夾克口袋

例句
· I am hungry and thirsty. 　我又餓又渴。
· Good evening, everybody. 　大家晚安。
· Have some coffee and cookies. 　喝點咖啡，吃點餅乾。

⓮ 學習詞語與句子，讓發音學習更生活化。

韻文練習 《005》

This little pig went to the market.
This little pig stayed home.
This little pig had roast beef.
This little pig had none.
And this little pig cried, "Wee! Wee! Wee!"
All the way home.

⓯ 唸誦韻文及歌曲，幫助學習發音，提升英文韻律感。

▲中譯請見 p. 158

017

vii

Chapter

1

簡介

KK 音標的簡介

　　「音標」是記錄「音素」的書寫符號，通常一個音素只用一個音標表示。1888年，國際語音協會（International Phonetic Association）制定出一套國際通用的語音符號，稱為「國際音標符號」（International Phonetic Alphabet，簡稱IPA），「IPA」早期又稱「萬國音標」，這是目前最通用的音標系統。

　　另外還有兩種音標系統：「KK 音標」針對美式英語發音所設計，「DJ 音標」則是針對英式英語的發音所設計，這兩種音標系統都是根據「IPA」而來。

　　1917年，英國語音學家Daniel Jones根據「IPA」編著了《英語發音字典》，創始了DJ音標，用以標注英式英語的「標準發音」。1944年，美國兩位語音學家John S. Kenyon和Thomas A. Knott合著了Merriam-Webster所出版的《美式英語發音字典》。Kenyon和Knott以「IPA」為基礎，將適用於美式英語的符號擷取出來，自成一套音標系統。因兩位語音學家姓氏的第一個字母皆為K，故將此系統稱為「KK音標」。

　　KK音標於1953年有過一次小幅修訂，之後就未再加以修訂。DJ音標則持續進行修訂，廣為英國字典所採用。

　　在台灣，KK音標和DJ音標最為常見，後來因為偏好美式發音，所以改為推廣KK音標。我國以學習美式英語的學生居多，故本書中的單字將以「美式發音」為主。另外，要特別注意的是，許多英文單字的解釋與詞性往往不只一種，本書僅列出最常用、最生活化的意義與詞性。

比較 KK 音標和 DJ 音標

	KK 音標	DJ 音標
創始字典	《美式英語發音字典》（1944） *A Pronouncing Dictionary of American English*	《英語發音字典》（1917） *English Pronouncing Dictionary*
創始者	John S. Kenyon & Thomas A. Knott	Daniel Jones
適用	美式英語	英式英語
修訂	只小幅修訂過一次	持續修訂

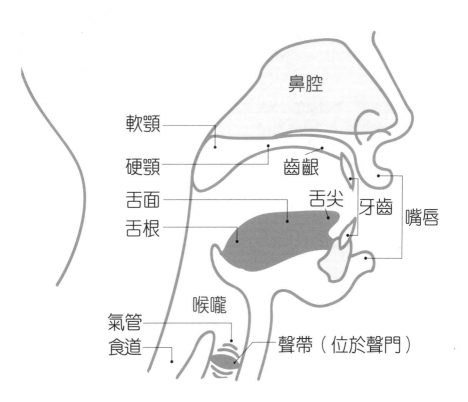

KK 音標的「母音」

單母音

單母音可依照舌頭位置、嘴形大小、下巴高低分類：

1. 音標的舌頭位置請見右圖，分類方法為以下兩種：
   ❶ 前母音、央母音和後母音
   ❷ 高母音、中母音和低母音

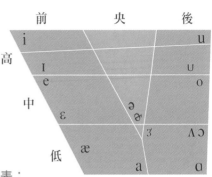

2. 發音嘴形及雙唇肌肉鬆緊度請見下表：

嘴形開口	前後 高低	前		後	
		緊	鬆	緊	鬆
小	高	i	ɪ	u	ʊ
↕	中	e	ɛ	o	ɔ
大	低	æ		ɑ	

雖然母音 [e] 和 [o] 只用一個音標符號代表，但發音時卻由兩個母音組成，且出現在同一個音節裡，符合雙母音的特性。

雙母音

由兩個母音組成一起出現在同一個音節中，共三組：

aɪ　　　aʊ　　　ɔɪ

4 KK 音標的「子音」

　　子音有各種分類法，可以依照「**發音方式**」、「**發音部位**」及「**聲帶振動**」來區分。以下用表格來歸類：

發音方式 ＼ 發音部位		雙唇	唇齒	舌齒	齒齦	硬顎	軟顎雙唇	軟顎	喉頭
塞音	無聲	p			t			k	
塞音	有聲	b			d			g	
擦音	無聲		f	θ	s	∫			h
擦音	有聲		v	ð	z	ʒ			
塞擦音	無聲					t∫			
塞擦音	有聲					dʒ			
鼻音		m			n			ŋ	
舌邊音	有聲				l				
捲舌音					r				
半母音						j	w		

　　在下表中以色底標註的部分，可清楚看出子音中有**八組成對音**，由前端到後端分別為：

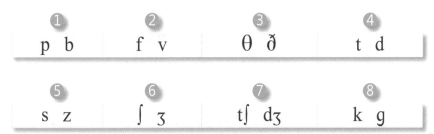

❶ p b　　❷ f v　　❸ θ ð　　❹ t d

❺ s z　　❻ ∫ ʒ　　❼ t∫ dʒ　　❽ k g

　　此八組成對音的每一組發音部位兩兩相同，但是一為「**無聲**」、一為「**有聲**」。發這些成對音時，要特別注意聲帶是否需要振動。

5 「KK 音標」與「注音符號」發音位置對照

母音發音方式和發音位置參考表

單母音

　　有些母音發音時唇部肌肉比較緊繃，像 [i]、[u]；有些母音的發音肌肉則較為鬆弛，像 [ɪ]、[ʊ]。重音節的母音讀起來像中文的一聲；若重音節在後，母音讀起來則像四聲；輕音節母音讀起來像輕聲。每個音節唸完之後，加上聲調即可唸出完整句子。

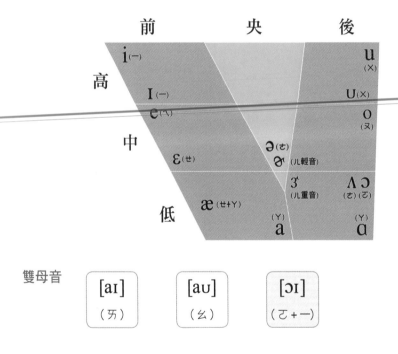

雙母音

[aɪ]	[aʊ]	[ɔɪ]
（ㄞ）	（ㄠ）	（ㄛ + ㄧ）

註　圖表中標示的注音符號僅代表其發音近似 KK 音標的發音，不代表完全相同。此處注音符號在圖表中的位置僅為了配合 KK 音標的說明而編排，不代表注音在口腔中真正的位置。

子音發音方式和發音位置表

子音： 子音分「**有聲子音**」（咖啡色的音標，發音時會振動聲帶）及「**無聲子音**」；子音在發聲時受到發音器官阻撓且沒有長度，唸得越輕越短，就越正確。

分節音：一個母音加上前後的子音即形成一個**音節**，兩母音中間的子音屬於後面的音節。

發音方式 （阻撓方式） ＼ 發音部位 （阻撓位置）	雙唇	唇齒	舌尖		舌面	舌根	軟顎	喉部
			齒間	齒齦	硬顎	軟顎	雙唇	部
塞音	p b			t d		k g		
鼻音	m			n		ŋ		
擦音		f v	θ ð	s z	ʃ ʒ			h
塞擦音					tʃ dʒ			
邊音				l				
半音母					j		w	
捲舌音				r				

> **註** 圖表中標示的注音符號僅代表其發音近似 KK 音標的發音，不代表完全相同。
> 此處注音符號在圖表中的位置僅為了配合 KK 音標的說明而編排，不代表注音在口腔中真正的位置。

English Alphabet

Aa [e]	Bb [bi]	Cc [si]	Dd [di]	Ee [i]
Ff [ɛf]	Gg [dʒi]	Hh [etʃ]	Ii [aɪ]	Jj [dʒe]
Kk [ke]	Ll [ɛl]	Mm [ɛm]	Nn [ɛn]	Oo [o]
Pp [pi]	Qq [kju]	Rr [ɑr]	Ss [ɛs]	Tt [ti]
Uu [ju]	Vv [vi]	Ww [ˋdʌblju]	Xx [ɛks]	Yy [waɪ]
Zz [zi]				

	字母拼讀法	KK 音標
原　　理	見字拼音	以符號標注讀音，母音 17 個，子音 24 個
起　　源	透過 26 個字母，直接發音	肯揚與納特兩人所創立
準 確 度	80%	100%
適 用 者	英語為母語者	母語非英語者
優　　點	不必另學習新的符號	準確度高
缺　　點	準確度較低，可細分為 100 多條	需另行學習

　　KK 音標是美式英語的注音符號，可以清楚標示字彙的讀音。字母拼讀的規則雖然多，但還是有清晰的脈絡可循。KK 音標的發音大抵上有下列原則：

❶ 每個完整的字彙中，一定有一個**母音**， 26 個字母中的每一個字母發音也都至少有一個母音。

❷ 母音大致可以對應到字母的 a、e、i、o、u，子音大致可以對應到除 a、e、i、o、u 之外的其他 21 個字母。

❸ 母音依照發音部位和方法，可以分為**長母音**（如 $[e]$）、**短母音**（如 $[æ]$）和**雙母音**（如 $[aɪ]$）。

❹ 子音依照發音部位和方法，可以分為**塞音**（氣流先受阻後衝出，如 $[t]$）、**擦音**（如 $[s]$）、**塞擦音**（氣流先受阻後出、再經摩擦，如 $[tʃ]$）、**鼻音**（如 $[m]$）、**邊音**（如 $[l]$）、**半母音**（如 $[w]$）。

❺ 兩個母音在同一個音節中組成**雙母音** $[aɪ]$、$[aʊ]$、$[ɔɪ]$。

❻「**一個母音 + 一個子音**」的組合，常與該母音或子音的字母發音不同。例：「-al 發 $[ɔl]$」、「-er 發 $[ɚ]$」。

❼ 一個字中有**兩個以上母音**（雙母音算一個母音）分佈在不同音節時，要標注**重音**和**次重音**。

「字母拼讀法」與「音標對照表」 🎧002

字母	代表音標	範例	音標	中譯
A a	[æ]	apple	[ˈæpl̩]	名 蘋果
B b	[b]	boy	[ˈbɔɪ]	名 男孩
C c	[k]	cookie	[ˈkʊki]	名 餅乾
D d	[d]	dog	[dɔg]	名 狗
E e	[ɛ]	egg	[ɛg]	名 蛋
F f	[f]	fly	[flaɪ]	動 飛
G g	[g]	good	[gʊd]	形 好的
H h	[h]	hair	[hɛr]	名 頭髮
I i	[ɪ]	ink	[ɪŋk]	名 墨水
J j	[dʒ]	joke	[dʒok]	名 玩笑
K k	[k]	kite	[kaɪt]	名 風箏
L l	[l]	lamp	[læmp]	名 燈
M m	[m]	mouse	[maʊs]	名 老鼠

字母	代表音標	範例	音標	中譯
N n	[n]	note	[not]	名 筆記
O o	[ɑ]	ox	[ɑks]	名 牛
P p	[p]	pen	[pɛn]	名 筆
Q q	[kw]	queen	[kwin]	名 皇后
R r	[r]	race	[res]	名 賽車
S s	[s]	salad	[ˋsæləd]	名 沙拉
T t	[t]	time	[taɪm]	名 時間
U u	[ʌ]	umbrella	[ʌmˋbrɛlə]	名 雨傘
V v	[v]	vase	[ves]	名 花瓶
W w	[w]	window	[ˋwɪndo]	名 窗戶
X x	[ks]	fax	[fæks]	動 傳真
Y y	[j]	yes	[jɛs]	名 是
Z z	[z]	zero	[ˋzɪro]	名 零

Chapter

2

母音篇

發母音時，氣流從口腔出去，自由不受攔阻，同時聲帶振動，因此聲音聽起來很響亮。母音之間的差異在於口腔大小及形狀，換句話說，我們可透過舌頭位置、雙唇肌肉鬆緊及下巴開合來控制所發出來的母音。

下面的單元中將會逐一介紹每個母音的特色。

單母音

[I]

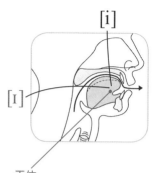

[i]

[ɪ]

舌位
位置高、舌頭高點在口腔前端

發音方法

發音時，舌頭在口腔前端；舌面朝上牙齦前伸，留有空間讓氣流通過。嘴形扁，發音時雙唇肌肉較鬆弛，聽起來輕而短促。

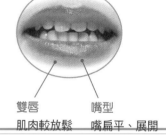

發音訣竅

我國軍人答數時喊出的「1、2、3」，「1」的發音短促，與母音 [ɪ] 很接近。

雙唇　　　　嘴型
肌肉較放鬆　嘴扁平、展開

出現位置

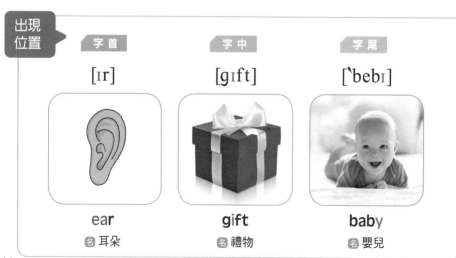

字首	字中	字尾
[ɪr]	[gɪft]	[ˋbebɪ]

ear
名 耳朵

gift
名 禮物

baby
名 嬰兒

01 i

fish
[fɪʃ]
名 魚

hill
[hɪl]
名 小山

kid
[kɪd]
名 小孩

pin
[pɪn]
名 大頭針

02 e

blanket
[ˋblæŋkɪt]
名 毛毯

exam
[ɪgˋzæm]
名 考試

goddess
[ˋgɑdɪs]
名 女神

ticket
[ˋtɪkɪt]
名 票券

03 y

candy
[ˋkændɪ]
名 糖果

family
[ˋfæməlɪ]
名 家庭

kitty
[ˋkɪtɪ]
名 小貓

lily
[ˋlɪlɪ]
名 百合花

04 ui

biscuit
[`bɪskɪt]
名 餅乾

building
[`bɪldɪŋ]
名 建築物

guitar
[gɪ`tɑr]
名 吉他

05 ea

beard
[bɪrd]
名（下巴上的）鬍鬚

fear
[fɪr]
名 恐懼

gear
[gɪr]
名 齒輪

rear
[rɪr]
名 後面

spear
[spɪr]
名 矛

tear
[tɪr]
名 眼淚

延伸學習 🔊004

特別的拼字寫法

ee		ey		ie	
coffee	deer	honey	monkey	cookie	movie
[ˋkɔfɪ]	[dɪr]	[ˋhʌnɪ]	[ˋmʌŋkɪ]	[ˋkʊkɪ]	[ˋmuvɪ]
名 咖啡	名 鹿	名 蜂蜜	名 猴子	名 甜餅乾	名 電影

詞語與句子練習

詞語

- **a big family** 大家庭
- **a dirty finger** 髒手指
- **a hidden jacket pocket** 隱藏的夾克口袋

例句

- **I am hungry and thirsty.** 我又餓又渴。
- **Good evening, everybody.** 大家晚安。
- **Have some coffee and cookies.** 喝點咖啡，吃點餅乾。

韻文練習 🔊005

This little pig went to the market.
This little pig stayed home.
This little pig had roast beef.
This little pig had none.
And this little pig cried, "Wee! Wee! Wee!"
All the way home.

▲中譯請見 p. 158

單母音

$$[\, \mathrm{i} \,]$$

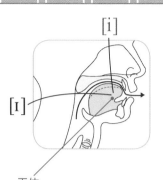

[i]

[I]

舌位
位置高、舌頭高點在口腔前端

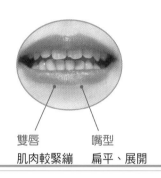

雙唇　　　嘴型
肌肉較緊繃　扁平、展開

發音方法

發音時,舌頭在口腔前端;舌面朝上牙齦前伸,舌位較 [I] 高,口腔只留窄窄的空隙讓氣流通過。

嘴形扁扁的,看起來像在微笑,開口較 [I] 小;發音時雙唇肌肉用力。

發音訣竅

[i] 與字母 E 的發音相同,類似數字「一」的發音。

出現位置

字首	字中	字尾
[ˋigl]	[ʃip]	[ni]

eagle
名 老鷹

sheep
名 綿羊

knee
名 膝蓋

常見的拼字

01 ea

beach	**heat**	**leaf**	**meat**
[bitʃ]	[hit]	[lif]	[mit]
名 海灘	名 高溫	名 葉子	名 肉

02 ee

bee	**between**	**cheek**	**wheel**
[bi]	[brˋtwin]	[tʃik]	[hwil]
名 蜜蜂	介 在……之間	名 臉頰	名 輪子

03 e

email	**secret**	**we**	**zebra**
[ˋimel]	[ˋsikrɪt]	[wi]	[ˋzibrə]
名 電子郵件	名 祕密	代 我們	名 斑馬

04 ie

field
[fild]
名 田地

priest
[prist]
名 神父

shield
[ʃild]
名 盾牌

thief
[θif]
名 小偷

05 i

pizza
[ˋpitsə]
名 披薩

policeman
[pəˋlismən]
名 男警員

ski
[ski]
動 滑雪

visa
[ˋvizə]
名 （護照等上的）簽證

06 ei

ceiling
[ˋsilɪŋ]
名 天花板

leisure
[ˋliʒɚ]
名 閒暇

receipt
[rɪˋsit]
名 收據

延伸學習 ⟨007⟩

特別的拼字寫法

eo	ui	ey	
people	mosquito	key	keyboard
[ˈpipl̩]	[məsˈkito]	[ki]	[ˈkiˌbord]
名 人們	名 蚊子	名 鑰匙	名 鍵盤

e_e		i_e	ie_e	ei_e
Chinese	scene	machine	piece	receive
[ˈtʃaɪˈniz]	[sin]	[məˈʃin]	[pis]	[rɪˈsiv]
名 中文	名 景色	名 機器	名 塊	名 收到

詞語與句子練習

詞語
- **green tea**　綠茶
- **key people**　重要人物
- **Peter's teacher**　彼得的老師

例句
- **We see her.**　我們看到她了。
- **Please leave me alone.**　請讓我一個人靜靜。
- **Do you speak Taiwanese?**　你會講台語嗎？

韻文練習 ⟨008⟩

A sailor went to sea, sea, sea,
To see what he could see, see, see.
But all that he could see, see, see,
Was the bottom of the deep blue sea, sea, sea.

LOVE
the sea

▲中譯請見 p. 158

舌中低 | 舌前 | 唇展 | 肌鬆

單母音

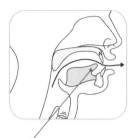

舌位
中間偏低、口腔前端

發音方法

舌面在口腔中前端中低的地方；下巴下降、嘴巴打開；發音時肌肉較鬆弛，聲音輕而短。

發音訣竅

與注音符號「ㄝ」相近。

雙唇
肌肉較放鬆

嘴型
微開

出現位置

字首	字中	
[ɛg]	[tʃɛr]	[brɛd]

egg	chair	bread
名 蛋	名 椅子	名 麵包

01 e

bed
[bɛd]
名 床

chess
[tʃɛs]
名 西洋棋

desk
[dɛsk]
名 書桌

pen
[pɛn]
名 筆

02 ea

bear
[bɛr]
 名 熊

head
[hɛd]
名 頭

pear
[pɛr]
名 梨子

sweater
[`swɛtɚ]
名 毛衣

03 ai

airplane
[`ɛr͵plen]
名 飛機

fairy
[`fɛrɪ]
名 仙女

hair
[hɛr]
名 頭髮

stair
[stɛr]
名 樓梯

04 a

aquarium
[ə`kwɛrɪəm]
名 水族館

dictionary
[`dɪkʃən͵ɛrɪ]
名 字典

library
[`laɪ͵brɛrɪ]
名 圖書館

parent
[`pɛrənt]
名 父親；母親

單字結尾若出現-ary，且位在次重音音節，大多會唸成[ɛrɪ]，
如February [`fɛbru͵ɛrɪ]（二月）、military [`mɪlə͵tɛrɪ]（軍事的）等字。

05 a_e

glassware
[`glæs͵wɛr]
名 玻璃器皿

nightmare
[`naɪt͵mɛr]
名 惡夢

scarecrow
[`skɛr͵kro]
名 稻草人

square
[skwɛr]
名 廣場

單字結尾若出現-are大多會唸成[ɛr]，如bare [bɛr]（光禿禿的）、
care [kɛr]（照顧）等字。

延伸學習 🎧010

特別的拼字寫法

eo	ie	ei
leopard	friend	their
[ˈlɛpəd]	[frɛnd]	[ˈðɛr]
名 豹	名 朋友	代 他們的

u	ay
burial	prayer
[ˈbɛrɪəl]	[prɛr]
名 葬禮	名 禱告

詞語與句子練習

詞語
- **red hair** 紅髮
- **an elephant's leg** 大象的腿
- **America West Airlines** 美國西方航空

例句
- **I have ten pencils.** 我有十枝鉛筆。
- **I danced with a friend at a wedding.** 我在婚禮上和一位朋友跳舞。
- **Turn this declarative sentence into a question.**
把這句直述句改成疑問句。

韻文練習 🎧011

Sally's wearing a red dress,
Red dress, red dress.
Sally's wearing a red dress,
All day long.

▲中譯請見 p. 158

舌中高 舌前 唇展 肌緊

雙母音

[e]

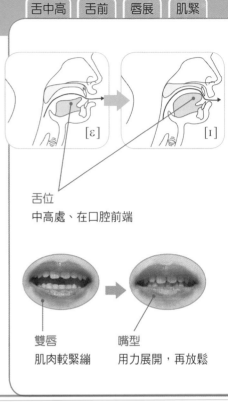

舌位
中高處、在口腔前端

雙唇
肌肉較緊繃

嘴型
用力展開,再放鬆

發音方法

母音[e]雖然表面上只看到一個音標,但實際上卻是由兩個母音組成:接近[ɛ]的母音+母音[ɪ],合起來就是[e],同時也是字母 A 的發音。

這兩個音的發音順序固定,且出現在同一個音節裡,符合雙母音的特性。

發音時,嘴形扁,舌頭在口腔前端、中高處發[ɛ],接著舌面上升接近上牙齦發[ɪ]。發音時,雙唇肌肉用力。

發音訣竅

類似注音符號「ㄟ」的發音。

出現位置

字首
[ep]
ape
名 人猿

字中
[kedʒ]
cage
名 鳥籠

字尾
[we]
way
名 路

01 a

danger
['dendʒɚ]
名 危險

eraser
[ɪ'resɚ]
名 橡皮擦

ladybug
['ledɪ,bʌg]
名 瓢蟲

nation
['neʃən]
名 國家

02 a_e

bake
[bek]
動 烘烤

date
[det]
名 日期

game
[gem]
名 遊戲

race
[res]
名 比賽

03 ai

mail
[mel]
名 郵件

rain
[ren]
名 雨

sail
[sel]
動 航行

snail
[snel]
名 蝸牛

04 ay

bay
[be]
名 海灣

clay
[kle]
名 黏土

pay
[pe]
動 支付

play
[ple]
動 玩

05 ei

eight
[et]
名 八

neighbor
[ˋnebɚ]
名 鄰居

veil
[vel]
名 面紗

weigh
[we]
動 稱重

06 ea

break
[brek]
動 打破；弄壞

great
[gret]
形 極好的

steak
[stek]
名 牛排

延伸學習 🎧013

特別的拼字寫法

ey		e
grey	survey	cafe
[gre]	[`səve]	[kə`fe]
形 灰色的	名 調查	名 咖啡廳

💡 由於 cafe 來自法文，因此常見的拼寫為 café。

ɜ

e

詞語與句子練習

詞語
· **baby face**　娃娃臉
· **bake cake**　烤蛋糕
· **snail mail**　普通郵件

例句
· **I made a mistake.**　我做錯了一件事。
· **She weighs eighty pounds.**　她體重八十磅。
· **My classmates want to play the same game.**
　我的同學都想玩同一個遊戲。

韻文練習 🎧014

Rain, rain, go away,
Come again some other day.
Little Johnny wants to play.
Rain, rain, go away.

▲中譯請見 p. 158

單母音

$$[\text{æ}]$$

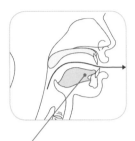

舌位
位置低而前

發音方法

舌頭降低，舌尖抵住下齒齦；雙唇用力向兩側張開，發出短促的聲音。中文無此音，因此常誤發成 [ε] 的音，需多加練習。

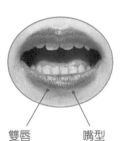

雙唇　　　　嘴型
肌肉較緊繃　張到最大

出現
位置

字首

字中

[ænt]   [bæg]   [fæks]

ant   bag   fax

名 螞蟻   名 袋子   動 傳真

01 a

apple	actor	album	animal
[ˋæpl̩]	[ˋæktɚ]	[ˋælbəm]	[ˋænəml̩]
名 蘋果	名 男演員	名 相簿	名 動物

band	camp	mask	backpack
[bænd]	[kæmp]	[mæsk]	[ˋbæk͵pæk]
名 樂團	名 營地	名 面具	名 背包

詞語與句子練習 🎧016

詞語
- **a traffic jam** 塞車
- **an angry alligator** 一隻生氣的鱷魚
- **a fast fax** 很快的傳真
- **an active attitude** 積極的態度

例句
- **There was an attack in the bank.** 銀行裡發生攻擊事件。
- **Jack speaks English with a strong Italian accent.**
  傑克講英語時帶有濃濃的義大利口音。

韻文練習 🎧017

Miss Mary Mack, Mack, Mack,
All dressed in black, black, black,
With silver buttons, buttons, buttons,
All down her back, back, back.

▲中譯請見 p. 158

單母音

[ɑ]

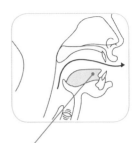

舌位
位置低且偏後

發音方法

發音時，舌頭降到最低並移向口腔後端，此時舌頭平放、不用力，舌尖不接觸下齒，嘴巴用力張到最大。

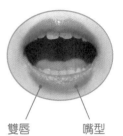

發音訣竅

與注音符號「ㄚ」很像。醫生要看病人的喉嚨，會請病人張大嘴巴說「啊」，此時發的就是 [ɑ] 的音。

雙唇
肌肉緊繃

嘴型
張開且偏圓

出現
位置

字首

[ɑks]

ox
名 牛

字中

[kɑrd]

card
名 卡片

[əˋpɑrtmənt]

apartment
名 公寓

01 o

olive
[ˈɑlɪv]
名 橄欖

bomb
[bɑm]
名 炸彈

cock
[kɑk]
名 公雞

doctor
[ˈdɑktɚ]
名 醫生

02 a

arm
[ɑrm]
名 手臂

car
[kɑr]
名 汽車

garlic
[ˈgɑrlɪk]
名 蒜頭

scarf
[skɑrf]
名 圍巾

詞語與句子練習 019

詞語
- **an alarm clock** 鬧鐘
- **a large box** 大箱子
- **modern art** 現代藝術
- **a popular college** 熱門的大學

例句
- **What comic book do you like?** 你喜歡什麼漫畫？
- **I don't understand the complex chart.** 我看不懂這個複雜的圖表。

韻文練習 020

Stop! Stop! That pot is hot. Drop that hot pot now.
You ought to stop and drop that pot,
Before we both shout Oww!

▲中譯請見 p. 158

021 A 請聽 MP3，並勾選出正確的音標。

❶ ☐ [ti]　　☐ [tɪ]　　❻ ☐ [ædʒ]　　☐ [edʒ]

❷ ☐ [pɪl]　　☐ [pil]　　❼ ☐ [gæs]　　☐ [gɛs]

❸ ☐ [dɪr]　　☐ [dir]　　❽ ☐ [pɛrt]　　☐ [pɑrt]

❹ ☐ [tɛk]　　☐ [tek]　　❾ ☐ [ˈɛsɪd]　　☐ [ˈæsɪd]

❺ ☐ [tɛl]　　☐ [tel]　　❿ ☐ [ɑr]　　☐ [ær]

022 B 請聽 MP3，並在空格內填入正確的音標。

❶ [ˈtʃaɪˈn___z]　　❻ [noˈv___mbɚ]

❷ [dʒəˈp___n]　　❼ [ˌ___ftɚˈnun]

❸ [əˈm___rɪkə]　　❽ [ˈs___mpl̩]

❹ [ˈæfr___kə]　　❾ [b___ˈhaɪnd]

❺ [ˈh___ŋˈk___ŋ]　　❿ [ˈl___mən]

023 C 請聽 MP3，並在空格內填入正確的音標。

❶ three　　[θr___]　　❻ teacher　　[ˈt___tʃɚ]

❷ six　　[s___ks]　　❼ bear　　[b___r]

❸ seven　　[ˈs___vn̩]　　❽ beat　　[b___t]

❹ eight　　[___t]　　❾ baseball　　[ˈb___sˌbɔl]

❺ after　　[ˈ___ftɚ]　　❿ basket　　[ˈb___skɪt]

D 請判斷圖上方加底線的母音，並圈出右方哪一個加底線的母音與其相同。

❶ y<u>e</u>s	❷ v<u>o</u>lcano	❸ Fr<u>a</u>nce
 b<u>e</u>st / <u>a</u>ble / afr<u>ai</u>d / tod<u>ay</u>	 c<u>o</u>lor / cl<u>o</u>ck / m<u>o</u>nkey / d<u>o</u>g	 Sp<u>ai</u>n / It<u>a</u>ly / Br<u>a</u>zil / C<u>a</u>nada

❹ gr<u>a</u>pe	❺ f<u>e</u>male	❻ dr<u>i</u>nk
or<u>a</u>nge / m<u>a</u>ngo / tom<u>a</u>to / c<u>a</u>rrot	k<u>i</u>d / t<u>ee</u>nager / p<u>a</u>rent / n<u>e</u>phew	j<u>ui</u>ce / m<u>i</u>lk / c<u>i</u>der / spr<u>i</u>te

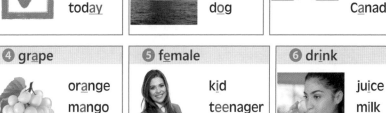

Exercise 01

I
i
ɛ
e
æ
ɑ

 E 請聽下面的韻文誦讀，仔細聆聽，並跟著練習朗誦。

Edelweiss

Edelweiss, edelweiss,
Every morning you greet me.
Small and white,
Clean and bright,
You look happy to meet me.

Blossoms of snow may you bloom and grow,
Bloom and grow forever.

Edelweiss, edelweiss,
Bless my homeland forever.

▲中譯請見 p.158

035

舌後　舌高　唇圓　肌鬆

單母音

$$[\upsilon]$$

舌位
位置高且在口腔後端

發音方法

發音時,雙唇只需稍微向外突出,舌面端凸起接近軟顎,發音時唇部肌肉較鬆弛,聲音聽起來輕且短促。

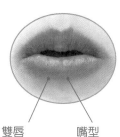

雙唇
肌肉放鬆

嘴型
嘴唇微微噘起,開口

出現位置

字首

[kʊk]

cook
名 廚師

字中

[brʊk]

brook
名 小溪

[bʊʃ]

bush
名 灌木叢

01 oo

bridegroom
[ˋbraɪd͵grʊm]
名 新郎

cookie
[ˋkʊkɪ]
名 甜餅乾

football
[ˋfʊt͵bɔl]
名 足球

good
[gʊd]
形 好的

hook
[hʊk]
名 鉤子

look
[lʊk]
動 看

poor
[pʊr]
形 窮的

wood
[wʊd]
名 木頭

wool
[wʊl]
名 羊毛

assurance
[ə`ʃurəns]
名 保證;把握

brochure
[bro`ʃur]
名 小冊子

bull
[bʊl]
名 公牛

bulletin
[`bʊlətɪn]
名 布告;公告

plural
[`plʊrəl]
形 複數的

pull
[pʊl]
動 拔;拉

push
[pʊʃ]
動 推

rural
[`rʊrəl]
形 農村的

sugar
[`ʃugɚ]
名 糖

延伸學習 🎧027

特別的拼字寫法

ou		o	
tourist	your	bosom	wolf
[ˋturɪst]	[jur]	[ˋbuzəm]	[wulf]
名 觀光客	代 你的	名 胸懷	名 狼

詞語與句子練習

詞語

- **a crooked hook**　一個彎彎的鉤子
- **an awful childhood**　悲慘的童年
- **a wooden Buddha statue**　一座木製的佛像

例句

- **I bought a good book.**　我買了一本好書。
- **I took a sugar cookie from the plate.**
  我從盤子裡拿了一塊餅乾。

韻文練習 🎧028

And if that looking glass gets broke,
Papa's gonna buy you a billy goat.
And if that billy goat doesn't pull,
Papa's gonna buy you a cart and bull.

▲中譯請見 p. 158

舌後 舌高 唇圓 肌緊

單母音

$$[u]$$

[u]

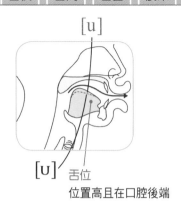

[ʊ] 舌位
位置高且在口腔後端

發音方法

發 [u] 時，舌面後端凸起接近軟顎，雙唇用力縮小成圓形，像要吹口哨的樣子。

發音訣竅

- [u] 發音類似中文注音裡的「ㄨ」。
- [j] 與 [u] 組合成 [ju]，即為字母 U 的發音。
- 當字母 U 出現在字首時，大部分發 [ju] 的音，如 you [ju]（你）。

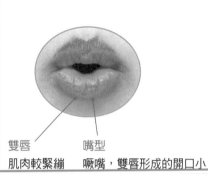

雙唇　　　嘴型
肌肉較緊繃　噘嘴，雙唇形成的開口小

出現位置

字中		字尾

[prun]

prune
名 梅子

[tul]

tool
名 工具

[zu]

zoo
名 動物園

常見的拼字

01 u

super	**flu**	**ruler**	**tofu**
[`supɚ]	[flu]	[`rulɚ]	[`tofu]
形 超級的	名 流行性感冒	名 尺	名 豆腐

02 ue

blue	**glue**	**pursue**	**clue**
[blu]	[glu]	[pɚ`su]	[klu]
名 藍色	名 膠水	動 追求	名 線索

03 ui

bruise	**fruit**	**juice**	**suit**
[bruz]	[frut]	[dʒus]	[sut]
名 瘀青	名 水果	名 果汁	名 西裝

04 ew

crew
[kru]
名 全體船員或機員

chew
[tʃu]
動 咀嚼

jewel
[ˋdʒuəl]
名 寶石

screw
[skru]
名 螺絲釘

05 oo

balloon
[bəˋlun]
名 氣球

booth
[buθ]
名 亭子

food
[fud]
名 食物

roof
[ruf]
名 屋頂

06 ou

group
[grup]
名 團體

route
[rut]
名 公路

soup
[sup]
名 湯

wound
[wund]
名 傷口

延伸學習　🎧030

特別的拼字寫法

u_e		o_e	
flute	**lute**	**move**	**lose**
[flut]	[lut]	[muv]	[luz]
名 長笛	名 魯特琴	名 移動	動 輸

oe		o#	
canoe	**shoe**	**hairdo**	**two**
[kə`nu]	[ʃu]	[`hɛrˌdu]	[tu]
名 獨木舟	名 鞋子	名 髮型	名 二

註 # 代表一個字的結尾

詞語與句子練習

詞語
- **go to school**　去上學
- **once in a blue moon**　非常罕見；不太可能
- **a kangaroo in the zoo**　動物園裡的袋鼠

例句
- **Next month, all crew need to wear blue suits.**
下個月，全體機組員都要穿藍色西裝。
- **Please attach these balloons to the roof of the booth.**
請將這些氣球繫在攤位的屋頂上。

韻文練習　🎧031

The cow jumped over the moon,
The little dog laughed to see such sport,
And the dish ran away with the spoon.

▲中譯請見 p. 159

舌後　舌中低　唇圓　肌鬆

單母音

[⊃]

舌位
位置中低、舌頭在口腔後端，比較放鬆

發音方法

發音時，舌頭自然垂放，舌面後部位於中低位置，比 [ɑ] 略高。嘴形圓圓的，但比 [ɑ] 還小，位置找到了就固定不動。

發 [ɔ] 的音時，發音肌肉較鬆弛，氣有點向內縮，尾端會有突然停住的感覺。

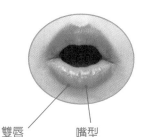

雙唇　　　　嘴型
肌肉較放鬆　呈圓形張開狀，
　　　　　　嘴巴張開後維持不變

發音訣竅

唸起來接近注音符號的「ㄛ」。

出現位置

字首

[ɔl]

all
形 所有的

字中

[ˈsɔsɪdʒ]

sausage
名 香腸；臘腸

字尾

[strɔ]

straw
名 吸管

044

01 o

forest
[ˈfɔrɪst]
名 森林

office
[ˈɔfɪs]
名 辦公室

orange
[ˈɔrɪndʒ]
名 柳橙

or
[ɔr]
連 或

02 aw

draw
[drɔ]
動 畫畫

jaw
[dʒɔ]
名 下巴

paw
[pɔ]
名 爪子;腳爪

seesaw
[ˈsiˌsɔ]
名 蹺蹺板

03 au

audience
[ˈɔdɪəns]
名 觀眾

daughter
[ˈdɔtɚ]
名 女兒

naughty
[ˈnɔtɪ]
形 頑皮的

若看到單字裡面有 augh，如 daughter 及 naughty，這時候 au 發 [ɔ] 的音，gh 不發音。

045

04 a+l=[ɔl]

bald
[bɔld]
⑱ 禿頭的

false
[fɔls]
⑱ 假的

salt
[sɔlt]
⑲ 鹽巴

walnut
[ˋwɔlnət]
⑲ 核桃

💡 若看到單字裡面「a」後面只有接一個字母「l」，如 bald 及 salt，這時候字母 a 發 [ɔ] 的音，字母「l」照樣發 [l] 的音。

05 a+ll=[ɔl]

ball
[bɔl]
⑲ 球

call
[kɔl]
⑲ 通話

tall
[tɔl]
⑱ 高的

wall
[wɔl]
⑲ 牆壁

💡 若看到單字裡面 a 後面連續接兩個字母「ll」，如 ball 及 fall，這時候字母 a 發 [ɔ] 的音，雙字母「ll」只發一個 [l] 的音。

特別的拼字寫法

ou		al	
cough	thought	chalk	walk
[kɔf]	[θɔt]	[tʃɔk]	[wɔk]
動 咳嗽	名 想法	名 粉筆	動 走路

★ 注意：這裡字母 al 只發 [ɔ] 一個音。

詞語與句子練習

詞語
- the hawk's claw　鷹爪
- all the audience　所有觀眾
- salty popcorn　鹹的爆米花

例句
- Dora draws a dinosaur.　朵拉畫了一隻恐龍。
- My coffee started to boil and bubble.
  我煮的咖啡已經滾了，開始冒泡。
- My daughter crawls into bed every night.
  我女兒每晚都鑽進被窩裡。

韻文練習　034

London Bridge is falling down,
Falling down, falling down.
London Bridge is falling down,
My fair lady.

▲中譯請見 p. 159

047

舌後　舌中　唇圓　肌緊

雙母音

[o]

[ɔ] → [ʊ]

舌位
位置中高、偏後

發音方法

表面上只有一個音標，可是實際上卻是由 [ɔ] 和 [ʊ] 組成的雙母音 [o]，也就是字母 O 的發音。

發音時，雙唇張開呈圓形，舌頭自然平放發 [ɔ] 的音，接著嘴形縮到微開、舌面後端突起接近軟顎發 [ʊ] 的音。

雙唇
肌肉較緊繃

嘴型
圓圓的，接著縮小

發音訣竅

[o] 與注音符號「ㄡ」發音相近。
其實，注音符號「ㄡ」就是雙母音，而「ㄛ」是單母音。

出現位置

字首

[old]

字中

[hom]

字尾

[ˈwɪndo]

old
形 老的

home
名 家

window
名 窗戶

常見的拼字

01 o

airport
[ˈɛrˌport]
名 機場

auto
[ˈɔto]
名 汽車

bingo
[ˈbɪŋgo]
名 賓果遊戲

chorus
[ˈkorəs]
名 合唱團

cold
[kold]
形 寒冷的

fold
[fold]
名 摺疊

gold
[gold]
名 金子

soldier
[ˈsoldʒɚ]
名 士兵

 若單字中出現 -old 的組合，通常「o」發[o]的音，但「l」還是要發[l]的音，如 cold 發[kold]。

02 oa

boat
[bot]
名 小船

float
[flot]
動 漂浮

goat
[got]
名 山羊

soap
[sop]
名 肥皂

049

03 o_e

bone
[bon]
名 骨頭

cone
[kon]
名 圓錐體

nose
[noz]
名 鼻子

rope
[rop]
名 繩子

04 ow

arrow
[`æro]
名 箭

flow
[flo]
動 流動

grow
[gro]
動 生長

narrow
[`næro]
形 狹窄的

pillow
[`pɪlo]
名 枕頭

row
[ro]
名（一）排

show
[ʃo]
名 節目；秀

yellow
[`jɛlo]
名 黃色

特別的拼字寫法

oo		oe	
door	floor	foe	toe
[dor]	[flor]	[fo]	[to]
名 門	名 地板	名 仇敵	名 腳趾

詞語與句子練習

詞語
- open the door　開門
- glow gold　散發金色光芒
- follow that fellow　跟著那個傢伙

例句
- I borrowed a boat a few days ago.　我前幾天借了一艘船。
- It's cold; I don't have a coat.　天氣很冷，我卻沒穿外套。
- My grandma's old, but not slow.　我奶奶年紀大了，但動作很快。

韻文練習　037

Row, row, row your boat
Gently down the stream.
Merrily, merrily, merrily, merrily,
Life is but a dream.

▲中譯請見 p. 159

051

(038) A 請聽 MP3，並勾選出正確的音標。

❶ ☐ [dor]　☐ [dɔr]　　　❺ ☐ [ˋnudl̩]　☐ [ˋnʊdl̩]

❷ ☐ [sno]　☐ [snɔ]　　　❻ ☐ [mʊn]　☐ [mun]

❸ ☐ [ˋwɑtɚ]　☐ [ˋwɔtɚ]　❼ ☐ [pjur]　☐ [pjʊr]

❹ ☐ [dɑl]　☐ [dɔl]　　　❽ ☐ [wu]　☐ [wʊ]

(039) B 請聽 MP3，並在空格內填入正確的音標。

❶ [ˋ__lwez]　　　❺ [ˌæftɚˋn__n]

❷ [əˋg__]　　　　❻ [ˋæktʃ__əlɪ]

❸ [ɔlˋð__]　　　　❼ [sp__n]

❹ [təˋm__ro]　　　❽ [j__ɚˋsɛlf]

(040) C 請聽 MP3，並在空格內填入正確的音標。

❶ airport　[ˋɛrˌp__rt]　　❺ could　[k__d]

❷ software　[ˋs__ftˌwɛr]　❻ Europe　[ˋj__rəp]

❸ report　[rɪˋp__rt]　　　❼ cartoon　[kɑrˋt__n]

❹ fault　[f__lt]　　　　　❽ movie　[ˋm__vɪ]

D 請判斷圖上方加底線的母音，並圈出右方哪一個加底線的母音與其相同。

❶ fall

r<u>oa</u>d
m<u>ou</u>ntain
r<u>o</u>ck
f<u>o</u>rest

❷ cooker

t<u>oo</u>l
b<u>oo</u>k
r<u>oo</u>m
s<u>oo</u>n

❸ video

ph<u>o</u>ne
<u>o</u>ccur
sh<u>o</u>p
al<u>o</u>ng

❹ goose

bl<u>oo</u>d
bl<u>oo</u>m
h<u>oo</u>d
d<u>oo</u>r

 E 請聽下面的韻文誦讀，仔細聆聽，並跟著練習朗誦。

Jingle Bells

Dashing through the snow,
In a one-horse open sleigh,
Over the fields we go,
Laughing all the way.

Bells on a bobtail ring,
Making spirits bright.
What fun it is to ride and sing
A sleighing song tonight!
Oh!

Jingle bells,
Jingle bells,
Jingle all the way!
Oh, what fun it is to ride
In a one-horse open sleigh!
Hey!

▲中譯請見 p. 159

舌中央　唇展

[ə]

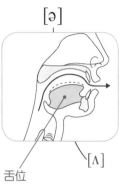

單母音

$$[\Lambda]$$

[ʌ]

舌位
口腔的中央

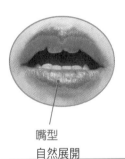

嘴型
自然展開

發音方法

[ʌ] 舌面的位置與 [ɛ] 一樣高，但比 [ɛ] 後面，位於口腔中央，舌頭自然垂放，舌尖輕輕抵住下齒齦。

嘴巴自然展開，下巴放鬆，喉部肌肉收緊隨即鬆開，因此聲音較短促，常出現在單音節的字或多音節字的重音節中。

發音訣竅

接近注音符號「ㄜ」與「ㄚ」之間，稍微偏向「ㄚ」音。

出現位置

字首 | 字中

[ʌnˈlɑk] | [bʌlb] | [dʒʌmp]

 |  |

unlock | bulb | jump

動 開鎖 | 名 燈泡 | 動 跳

01 u

custom
[ˈkʌstəm]
名 社會習俗

duck
[dʌk]
名 鴨子

gun
[gʌn]
名 槍

puppet
[ˈpʌpɪt]
名 木偶

ugly
[ˈʌglɪ]
形 醜的

umbrella
[ʌmˈbrɛlə]
名 傘

umpire
[ˈʌmpaɪr]
名 裁判

up
[ʌp]
副 向上

02 ou

double
[ˈdʌbl̩]
形 成雙的

country
[ˈkʌntrɪ]
名 鄉下

couple
[ˈkʌpl̩]
名 夫妻；情侶

trouble
[ˈtrʌbl̩]
名 煩惱

brother
[ˋbrʌðɚ]
名 兄或弟

color
[ˋkʌlɚ]
名 顏色

compass
[ˋkʌmpəs]
名 指南針

dozen
[ˋdʌzn̩]
名 一打

front
[frʌnt]
名 正面；前面

honey
[ˋhʌnɪ]
名 蜂蜜

money
[ˋmʌnɪ]
名 錢

onion
[ˋʌnjən]
名 洋蔥

son
[sʌn]
名 兒子

延伸學習 🎧044

特別的拼字寫法

o_e		oo	
dove	love	blood	flood
[dʌv]	[lʌv]	[blʌd]	[flʌd]
名 鴿子	名 愛情	名 血液	名 洪水

詞語與句子練習

詞語
- **puppy love**　純純之愛
- **a young adult**　一個年輕人
- **colorful butterflies**　色彩鮮艷的蝴蝶

例句
- **Don't touch the onion!**　別碰洋蔥！
- **My mother has a big brother.**　我媽媽有一個哥哥。
- **This umbrella is broken; take another one.**
  這把傘壞了；帶另一把。

韻文練習　🎧045

Little Tommy Tucker
Sings for his supper.
What shall we give him?
White bread and butter.

▲ 中譯請見 p. 159

舌中央 | 唇展

單母音

[ə]

[ə]

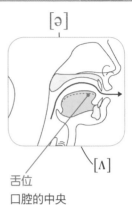

[ʌ]

舌位
口腔的中央

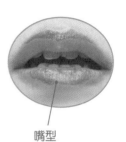

嘴型
自然微開

發音方法

舌頭在口腔中位於正中央，比 [ʌ] 高一點；嘴形自然張開、下巴放鬆。相較於 [ʌ]，[ə] 只在非重音節中出現，發音又短又輕。字母 a、e、i、o、u 在非重音音節常弱化，發 [ə] 的音。

發音訣竅

很像注音符號「ㄜ」，但發音比「ㄜ」更輕，[ə]、[ʌ]、[ɑ] 三個音，嘴形越來越大，下巴也漸漸往下沉。

出現
位置

字首	字中	字尾
[əˋfred]	[ˋæksədənt]	[ˋtʃaɪnə]

afraid
形 害怕的

accident
名 意外

China
名 中國

01 a

alike
[əˈlaɪk]
形 相像的

award
[əˈwɔrd]
名 獎

banana
[bəˈnænə]
名 香蕉

cola
[ˈkolə]
名 可樂

02 e

avenue
[ˈævəˌnju]
名 大街

bakery
[ˈbekərɪ]
名 麵包店

camera
[ˈkæmərə]
名 照相機

elephant
[ˈɛləfənt]
名 大象

03 i

family
[ˈfæməlɪ]
名 一家人

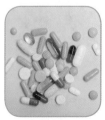

medicine
[ˈmɛdəsn̩]
名 藥

tulip
[ˈtjuləp]
名 鬱金香

uniform
[ˈjunəˌfɔrm]
名 制服

almond
['ɑmənd]
名 杏仁

bacon
['bekən]
名 培根

carrot
['kærət]
名 胡蘿蔔

dragon
['drægən]
名 龍

05 u

album
['ælbəm]
名 相簿

circus
['sɝkəs]
名 馬戲團

focus
['fokəs]
名 焦點

ketchup
['kɛtʃəp]
名 番茄醬

06 ou

jealous
['dʒɛləs]
形 妒忌的

nervous
['nɝvəs]
形 緊張的

06 iou

delicious
[dɪ'lɪʃəs]
形 美味的

precious
['prɛʃəs]
形 貴重的

 單字中帶有 -ous 或 -ious 結尾的形容詞，[s] 前的母音通常只發一個 [ə] 的音。

特別的拼字寫法

-al		-ful	
general [ˈdʒɛnərəl] 形 普遍的	real [ˈriəl] 形 真的	careful [ˈkɛrfəl] 形 小心的	beautiful [ˈbjutəfəl] 形 美麗的

-ment		-tion	
moment [ˈmomənt] 名 片刻	payment [ˈpemənt] 名 支付的款項	action [ˈækʃən] 名 行動	station [ˈsteʃən] 名 車站

詞語與句子練習

詞語
- a family robot　家用機器人
- a comfortable sofa　舒服的沙發
- the Christmas holiday　聖誕假期

例句
- This machine is excellent.　這部機器真是太棒了！
- What happened to the customer?　這位顧客出了什麼事？
- Linda will arrive in London tomorrow.　琳達明天將抵達倫敦。

韻文練習　048

Raj Maheer went to the circus.
He rode an elephant and held a lotus.
He ate candied apples and cotton candy.
Then his mom said, "Let's go. I'm finished."

▲中譯請見 p. 159

舌中央　舌捲　唇圓

單母音

$$[3˞]$$

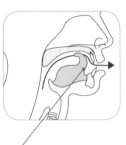

舌位
口腔中央、捲起

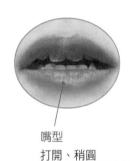

嘴型
打開、稍圓

發音方法

發音時，舌頭需稍微用力捲起，舌尖在正中央，嘴形稍圓。通常出現在單字的重音節裡。這個捲舌音是美式發音的特色，英國、紐西蘭、澳洲地區無此音。

發音訣竅

相當於注音符號「ㄦ」，只出現在單音節或兩個音節以上的重音部分。

出現位置

字 首	字 中	字 尾
[ɜθ]	[bɜd]	[sɜ]

earth
名 地球

bird
名 鳥

sir
名 先生

常見的拼字

01 er

alert
[əˋlɝt]
形 警覺的

dessert
[dɪˋzɝt]
名 甜點

serve
[sɝv]
動 服務；上菜

universe
[ˋjunəˏvɝs]
名 宇宙

02 ur

burn
[bɝn]
名 燃燒

church
[tʃɝtʃ]
名 教堂

nurse
[nɝs]
名 護士

turtle
[ˋtɝtḷ]
名 海龜

03 ir

circle
[ˋsɝkḷ]
名 圓圈

dirty
[ˋdɝtɪ]
形 髒的

girl
[gɝl]
名 女孩

skirt
[skɝt]
名 裙子

04 or

homework
[ˈhom͵wɝk]
名 家庭作業

world
[wɝld]
名 世界

worm
[wɝm]
名 蟲

worry
[ˈwɝɪ]
名 擔心

05 ear

early
[ˈɝlɪ]
形 早的

learn
[lɝn]
動 學習

earn
[ɝn]
動 賺得

earthquake
[ˈɝθ͵kwek]
名 地震

pearl
[pɝl]
名 珍珠

Search

search
[sɝtʃ]
動 搜尋

延伸學習 🎧 050

特別的拼字寫法

our

courage	journal
[ˈkɝɪdʒ]	[ˈdʒɝnḷ]
名 勇氣	名 雜誌；期刊

colonel
[ˈkɝnḷ]
名 陸軍上校

這個單字很有趣，找不到其他字的 olo 發 [ɝ] 的音，此字應源於古法語或義大利文。

詞語與句子練習

詞語

- a dirty shirt　髒的襯衫
- a purple purse　紫色的皮包
- a perfect birthday party　完美的生日派對

例句

- I never learn German.　我從來沒學過德文。
- This is the worst dessert I've ever had.　這是我吃過最難吃的甜點。
- My baby just spoke her first word.　我的寶寶剛說了人生中的第一個字。

韻文練習　🎧 051

Miss Lucy called the lady
with the alligator purse.
"Mumps," said the doctor.
"Measles," said the nurse.
"Nothing," said the lady
with the alligator purse.

▲中譯請見 p. 159

舌中央 | 舌捲 | 唇圓

單母音

[ɚ]

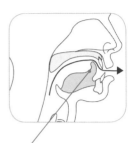

舌位
口腔中央、捲舌

發音方法

發 [ɚ] 時，舌頭輕鬆捲起，舌尖約捲
在上牙齦與硬顎之間。嘴形稍圓，只
出現在非重音音節，與 [ɝ] 形成對比。

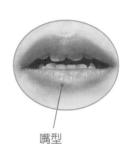

嘴型
自然張開、稍圓

出現
位置

字首	字中	字尾
[ˈlæntɚn]	[ˈɛksɚˌsaɪz]	[ˈbʌtɚ]

lantern
名 燈籠

exercise
名 運動

butter
名 奶油

01 er

computer
[kəm`pjutɚ]
名 電腦

driver
[`draɪvɚ]
名 駕駛

finger
[`fɪŋgɚ]
名 手指

tiger
[`taɪgɚ]
名 老虎

02 or

color
[`kʌlɚ]
名 顏色

director
[dəˋrɛktɚ]
名 導演

mirror
[`mɪrɚ]
名 鏡子

scissors
[`sɪzɚz]
名 剪刀

03 ar

caterpillar
[`kætɚˌpɪlɚ]
名 毛毛蟲

dollar
[`dɑlɚ]
名 （美、加等國）元

leopard
[`lɛpɚd]
名 豹

sugar
[`ʃʊgɚ]
名 糖

04 ure

adventure
[əd`vɛntʃɚ]
名 冒險

capture
[`kæptʃɚ]
動 拍攝

culture
[`kʌltʃɚ]
名 文化

injure
[`ɪndʒɚ]
名 受傷

measure
[`mɛʒɚ]
動 測量

nature
[`netʃɚ]
名 自然

picture
[`pɪktʃɚ]
名 照片

sculpture
[`skʌlptʃɚ]
名 雕像

treasure
[`trɛʒɚ]
名 寶藏

延伸學習 🎧053

特別的拼字寫法

ur		our
Saturday	sur**vey**	glam**our**
[ˋsætəde]	[ˋsɚve]	[ˋglæmɚ]
名 星期六	名 調查	名 魅力

詞語與句子練習

詞語
- **modern writers**　現代作家
- **Western culture**　西方文化
- **a clever answer**　睿智的回答

例句
- **Whip the butter and sugar together.**　奶油和糖一起攪拌。
- **Mandy is such a powerful dancer.**　曼蒂是很有爆發力的舞者。
- **I can't remember the name of the speaker.**
  我不記得那位講者的名字。

韻文練習 🎧054

Why did you let him go?
Because he bit my finger so.
Which finger did he bite?
This little finger on the right.

▲中譯請見 p. 159

055 A 請聽 MP3，並勾選出正確的音標。

① ☐ [dʌst]　☐ [dɑst]　　⑤ ☐ [bʌd]　☐ [bɝd]

② ☐ [dɚt]　☐ [dɝt]　　⑥ ☐ [fɝ]　☐ [fə]

③ ☐ [ˋpepɚ]　☐ [ˋpepə]　　⑦ ☐ [dɔg]　☐ [dʌg]

④ ☐ [hʌg]　☐ [həg]　　⑧ ☐ [lɑv]　☐ [lʌv]

056 B 請聽 MP3，並在空格內填入正確的音標。

① [ˋm__ðɚ]　　⑤ [ˋdɑkt__]

② [ˋf__ðɚ]　　⑥ [n__s]

③ [ˋ__ŋkḷ]　　⑦ [ˋsɪst__]

④ [ˋpɛr__nt]　　⑧ [b__g]

057 C 請聽 MP3，並在空格內填入正確的音標。

① person　[ˋp__sṇ]　　⑤ concern　[kənˋs__n]

② above　[əˋb__v]　　⑥ company　[ˋk__mpənɪ]

③ under　[ˋʌnd__]　　⑦ today　[t__ˋde]

④ certain　[ˋsɝt__n]　　⑧ yesterday　[ˋjɛst__de]

058 **D** 請判斷圖上方加底線的母音，並圈出右方哪一個加底線的母音
與其相同。

❶ concert

courage
desert
elsewhere
bird

❷ cupboard

blackboard
coward
calorie
bird

❸ peanut

butter
butcher
guard
submit

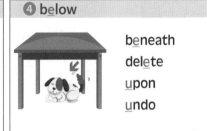

❹ below

beneath
delete
upon
undo

059 **E** 請聽下面的韻文誦讀，仔細聆聽，並跟著練習朗誦。

Eeny, Meeny, Miny, Mo

Eeny, Meeny, Miny, Mo,
Catch a tiger by the toe.
If it hollers, make it pay,
Fifty dollars every day.
My mother told me
to choose the very best one.

Eeny, Meeny, Miny, Mo,
Catch a bear by the toe.
If it hollers, make it pay,
Fifty dollars every day.

My mother told me
to choose the very best one.

Eeny, Meeny, Miny, Mo,
Catch a deer by the toe.
If it snorts, make it pay,
Fifty dollars every day.
My mother told me
to choose the very best one.

▲中譯請見 p. 159

aɪ aʊ ɔɪ 🎧060

舌後前　舌低高　唇展

雙母音

[aɪ]

[ɑ]　[ɪ]

舌位
舌後 → 舌前、舌低 → 舌高

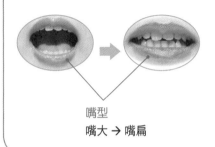

嘴型
嘴大 → 嘴扁

發音方法

由 [ɑ] 和 [ɪ] 組成,如同字母 I 的發音。發音時,先把舌面降到最低的位置,在口腔後端,嘴巴張大發 [ɑ] 的音,然後舌面上移,靠近上牙齦,嘴形收窄為微笑狀,發 [ɪ] 的音。

屬於雙母音,寫的時候,要寫成 [aɪ],而不是 [ɑɪ]。

發音訣竅

由 [ɑ] 的發音方式到 [ɪ] 的發音方式,中間不停頓,連成一體,聽起來近似於注音符號「ㄞ」。

出現位置

字首
[aɪs]

ice
名 冰

字中
[faɪl]

file
名 檔案

字尾
[skaɪ]

sky
名 天空

01 i

bicycle
[ˈbaɪsɪkḷ]
名 腳踏車

child
[tʃaɪld]
名 孩子

final
[ˈfaɪnḷ]
形 最後的

lion
[ˈlaɪən]
名 獅子

02 i_e

drive
[draɪv]
動 開車

line
[laɪn]
名 線條

knife
[naɪf]
名 刀子

price
[praɪs]
名 價格

03 ie

die
[daɪ]
動 死

lie
[laɪ]
動 躺

pie
[paɪ]
名 派

tie
[taɪ]
名 領帶

apply
[əˋplaɪ]
動 申請

cry
[kraɪ]
動 哭

fly
[flaɪ]
動 飛

why
[hwaɪ]
副 為什麼

bright
[braɪt]
形 明亮的

fight
[faɪt]
動 打架

high
[haɪ]
形 高的

knight
[naɪt]
名 騎士

night
[naɪt]
名 夜晚

light
[laɪt]
名 燈

sight
[saɪt]
名 視力

tight
[taɪt]
形 緊的

單字裡包含-igh 或-ight，通常gh不發音。

特別的拼字寫法

uy		ye	
buy	guy	dye	good-bye
[baɪ]	[gaɪ]	[daɪ]	[͵gʊd`baɪ]
動 購買	名 〔美〕傢伙	動 染色	名 再見

y_e	ei
type	height
[taɪp]	[haɪt]
動 打字	名 高度

詞語與句子練習

詞語

· ride a bicycle   騎腳踏車
· a fine diamond   一顆美鑽
· diet coke and light beer   零卡可樂與淡啤酒

例句

· A rising tide lifts all boats.   水漲眾船高。
· The climate is mild and dry.   氣候溫和、乾燥。
· Anyone who is interested, please apply online.
  有興趣的人,請線上申請。

韻文練習 〔062〕

My Bonnie lies over the ocean.
My Bonnie lies over the sea.
My Bonnie lies over the ocean.
Oh! Bring back my Bonnie to me.

▲中譯請見 p. 160

舌後 舌低高 唇圓

雙母音

[aʊ]

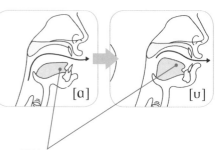

[ɑ] [ʊ]

舌位
在口腔偏後位置、舌面由低往上移
（舌低 → 舌高）

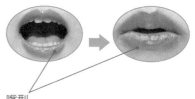

嘴型
嘴巴張大，再噘成圓唇（嘴大→嘴圓）

發音方法

由 [ɑ] 和 [ʊ] 組成，發 [aʊ] 時，先把舌面降到最低，在口腔偏後的位置，張大嘴巴發 [ɑ] 的音，然後舌面上升後突接近軟顎，嘴唇縮成圓形稍微突出，發 [ʊ] 的音寫的時候，要寫成 [aʊ] 不是 [ɑʊ]。

發音訣竅

先發 [ɑ]，再發 [ʊ]，中間不停頓，連成一體，近於注音符號「ㄠ」。

出現位置

字首	字中	字尾
[aʊl]	[braʊn]	[kaʊ]

owl	brown	cow
名 貓頭鷹	名 棕色	名 母牛

常見的拼字

01 ou

cloud
[klaʊd]
名 雲

couch
[kaʊtʃ]
名 長沙發

house
[haʊs]
名 房屋

mouse
[maʊs]
名 老鼠

02 ow

clown
[klaʊn]
名 小丑

crown
[kraʊn]
名 王冠

flower
['flaʊɚ]
名 花

tower
['taʊɚ]
名 塔

詞語與句子練習 🎧064

詞語
· sour cream powder　酸奶粉

例句
· I know how to make towel flowers.　我知道怎麼把毛巾摺成花。
· Paul had frown lines between his eyebrows.　保羅皺起了雙眉。

韻文練習 🎧065

I'm a little teapot, short and stout!
Here is my handle.
Here is my spout.
When I get all steamed up, hear me shout.
Tip me over and pour me out!

▲中譯請見 p. 160

雙母音

[ɔɪ]

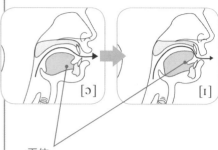

[ɔ] → [ɪ]

舌位
由口腔後面往前移（舌後 → 舌前），
舌面上升（舌中 → 舌高）

發音方法

由 [ɔ] 和 [ɪ] 組成。發音時，舌面位於
口腔後面中低處、嘴巴張開略呈圓形，
發 [ɔ] 的音，接著舌面前升接近上牙齦，
同時嘴角向兩旁移動變成微笑狀，發 [ɪ]
的音。

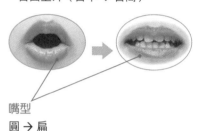

嘴型
圓 → 扁

發音訣竅

[ɔ] 和 [ɪ] 要連著發音，近於注音符號
「ㄛ一」的組合，但要唸快一點。

出現
位置

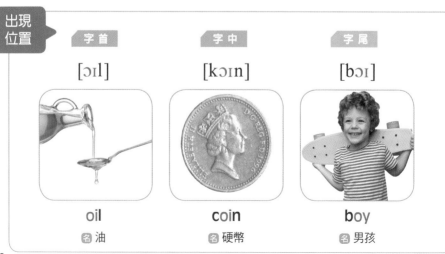

字首	字中	字尾
[ɔɪl]	[kɔɪn]	[bɔɪ]
oil	coin	boy
名 油	名 硬幣	名 男孩

01 oi

ointment
[ˈɔɪntmənt]
名 軟膏

joint
[dʒɔɪnt]
名 關節

point
[pɔɪnt]
動 指向

toilet
[ˈtɔɪlɪt]
名 馬桶

02 oy

employee
[ˌɛmˈplɔɪi]
名 受雇者

joy
[dʒɔɪ]
名 歡樂

soy
[sɔɪ]
名 大豆

toy
[tɔɪ]
名 玩具

詞語與句子練習 067

· **Enjoy** the fresh raw **oysters.** 請盡情享用新鮮生蠔。
· The **employee** made an app**oi**ntment with his empl**oy**er.
這名員工跟他的雇主安排了見面的時間。

韻文練習 068

I once knew a man named Ler**oy.**
He loved to eat bok ch**oy.**
He ate it with garlic, **oi**l, and s**oy**
And when he was done he'd shout, "B**oy,** bring more."

069 (A) 請聽 MP3，並勾選出正確的音標。

❶ ☐ [lɪv]　☐ [laɪv]　　❹ ☐ [ho]　☐ [haʊ]

❷ ☐ [naʊ]　☐ [nɑ]　　❺ ☐ [baɪ]　☐ [bɑ]

❸ ☐ [toɪ]　☐ [tɔɪ]　　❻ ☐ [bɔɪ]　☐ [boi]

070 (B) 請聽 MP3，並在空格內填入正確的音標。

❶ [ə'n___]　　❹ ['dʒ___fəl]

❷ ['ɛnɪˌt___m]　　❺ ['fl___ɚ]

❸ [l___d]　　❻ [sə'pr___z]

071 (C) 請聽 MP3，並在空格內填入正確的音標。

❶ avoid　[ə'v___d]　　❹ boy　[b___]

❷ clown　[kl___n]　　❺ down　[d___n]

❸ acquire　[ə'kw___r]　　❻ beside　[bɪ's___d]

072 (D) 請判斷圖上方加底線的母音，並圈出右方哪一個加底線的母音與其相同。

❶ toilet

soil
choir
heroin
doing

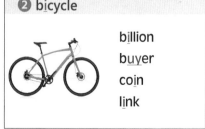

❷ bicycle

billion
buyer
coin
link

073 (E) 請聽下面的韻文誦讀，仔細聆聽，並跟著練習朗誦。

Joy to the world

Joy to the world, the Lord is come.

Let earth receive her King.

Let every heart prepare Him room,

And heaven and nature sing,

And heaven and nature sing,

And heaven, and heaven and nature sing.

Joy to the earth, the Savior reigns.

Let men their songs employ,

While fields, floods,

Rocks, hills, and plains

Repeat the sounding joy,

Repeat the sounding joy,

Repeat, repeat the sounding joy.

He rules the world with truth and grace

And makes the nations prove

The glories of His righteousness

And wonders of His love,

And wonders of His love,

And wonders, wonders of His love.

▲中譯請見 p. 160

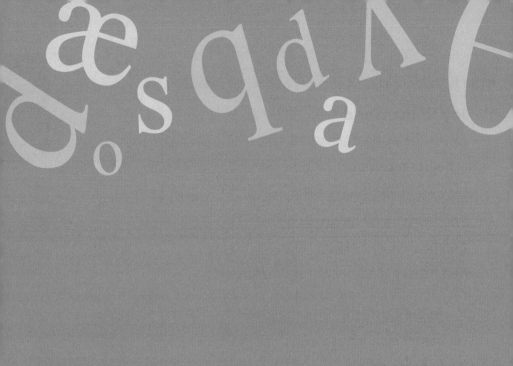

3

子音篇

　　發子音時，氣流從口腔出去會受到阻礙，因此聲音聽起來沒有母音這麼響亮。我們可根據「發音部位」、「發音方式」及「聲帶振動與否」來區辨不同的子音。發音部位是指氣流受阻的位置，如發 [b] 時需緊閉雙唇，因此稱為「唇音」。

　　發音方式是指氣流受到阻礙的方式，如發 [s] 的音，那種嘶嘶的聲音是氣流經過口腔狹窄的通道產生的「擦音」。

聲帶振動有兩種情形：

1. 氣流經過喉嚨時，肌肉用力、聲帶振動，這種子音為有聲子音，如 [b]。
2. 若喉部肌肉不用力、聲帶不振動，則為無聲子音，如 [p]。

下面的單元中將會逐一介紹每個子音的特色。

子音

[p]

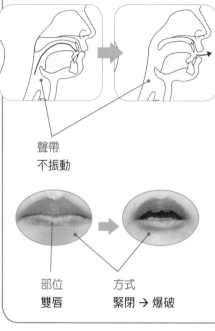

聲帶
不振動

部位　　　方式
雙唇　　　緊閉 → 爆破

發音方法

雙唇緊閉，接著氣流從雙唇衝出，聲帶不振動，發出爆裂氣流聲，此為塞音（又稱爆破音，意即先閉塞氣流，然後突然鬆開肌肉發出爆破的聲音）。

將一手放在嘴巴前面，另一手放在喉嚨上，發 [p] 時，手會感覺到一股氣流噴出，稱為送氣。摸喉嚨的手則感受不到聲帶的振動。

發音訣竅

相當於注音符號「ㄆ」。

出現
位置

字首	字中	字尾
[pedʒ]	[sport]	[kæp]
page	sport	cap
名 頁	名 運動	名 便帽；鴨舌帽

💡 若單字中同一個音節裡出現sp時，[p] 發音不送氣，此時要發近似注音符號「ㄅ」的音。試比較page與sport，page的[p]送出的氣流較sport的[p]強。

084

01 P

cape
[kep]
名 斗篷

pen
[pɛn]
名 筆

piano
[pɪˋæno]
名 鋼琴

spoon
[spun]
名 湯匙

02 PP

apple
[ˋæpl̩]
名 蘋果

hippo
[ˋhɪpo]
名 河馬

puppy
[ˋpʌpɪ]
名 幼犬

zipper
[ˋzɪpɚ]
名 拉鍊

詞語與句子練習 075

詞語
· **speak Japanese** 說日文　· **pick someone's pocket** 偷竊

例句
· **Please keep quiet.** 請保持安靜。
· **Peter plays the piano very well.** 彼得琴彈得很好。
· **The mall is the perfect place to shop.** 這個商場是完美的購物場所。

韻文練習 076

Polly, put the kettle on.
Polly, put the kettle on.
Polly, put the kettle on.
We'll all have tea.

▲中譯請見 p. 160

有聲 雙唇 塞音

子音 [b]

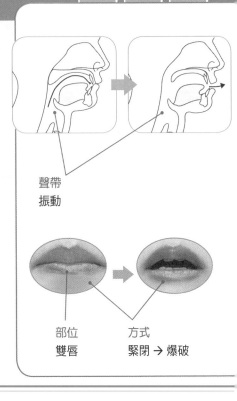

聲帶
振動

發音方法

雙唇緊閉,接著氣流從雙唇衝出,振動聲帶,發出爆裂氣流聲的塞音。

發音訣竅

接近注音符號「ㄅ」。[b] 的發音方式與 [p] 大致相同,差別在於聲帶是否振動。發 [b] 時,手摸喉嚨可感覺到聲帶細微的振動。

部位   方式
雙唇   緊閉 → 爆破

出現位置

| 字首 | 字中 | 字尾 |

[bʌd]

bud
名 花蕾

[ˋtebḷ]

table
名 桌子

[kæb]

cab
名 計程車

常見的拼字

01 b

baby	bag	bamboo	book
[ˋbebɪ]	[bæg]	[bæmˋbu]	[bʊk]
名 嬰兒	名 袋子	名 竹子	名 書

02 bb

bubble	cabbage	rabbit	rubber
[ˋbʌbḷ]	[ˋkæbɪdʒ]	[ˋræbɪt]	[ˋrʌbɚ]
名 泡泡	名 高麗菜	名 兔子	名 橡膠

詞語與句子練習 078

詞語
· a baby boy　男寶寶　　· bake bread　烤麵包

例句
· My husband has a big brother.　我先生有一個大哥。
· I go to school by bus every day.　我每天搭公車上學。
· Bob wants to be a banker when he grows up.
鮑伯長大以後想當銀行家。

韻文練習 079

There was a farmer had a dog,
And Bingo was his name.
B-I-N-G-O, B-I-N-G-O, B-I-N-G-O,
And Bingo was his name.

▲中譯請見 p. 160　087

無聲　齒齦　塞音

子音

[t]

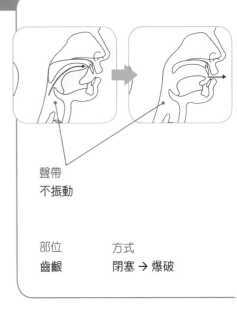

聲帶
不振動

部位　　　方式
齒齦　　　閉塞 → 爆破

發音方法

雙唇微微張開，舌尖頂住上排齒齦的後方，舌尖向下放開吐氣，聲帶不振動，發出爆裂氣流聲的塞音。

發音訣竅

相當於注音符號「ㄊ」。

出現位置

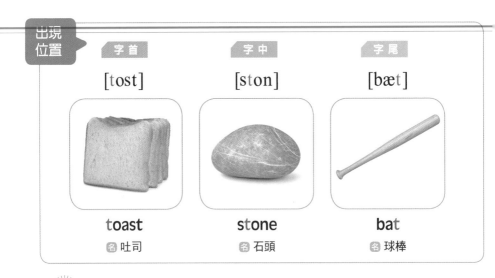

字首	字中	字尾
[tost]	[ston]	[bæt]
toast	stone	bat
名 吐司	名 石頭	名 球棒

💡 若單字中同一個音節裡出現 st 時，[t] 發音不送氣，此時要發近似注音符號「ㄅ」的音。試比較 toast 與 stone，toast 的第一個 [t] 送出的氣流較 stone 的 [t] 強。

常見的拼字

01 ▶ t

tea	doughnut	chopstick	history
[ti]	[ˋdoˏnʌt]	[ˋtʃɑpˏstɪk]	[ˋhɪstərɪ]
名 茶	名 甜甜圈	名 筷子	名 歷史

02 ▶ tt

bottle	butter
[ˋbɑtḷ]	[ˋbʌtɚ]
名 瓶子	名 奶油

03 ▶ th

Thailand	Thames
[ˋtaɪlənd]	[tɛmz]
名 泰國	名 （倫敦）泰晤士河

詞語與句子練習 🔊081

詞語
- **tell a story**　講故事
- **next Tuesday**　下星期二

例句
- **I can't type on this computer.**　我不能在這部電腦上打字。
- **The notebook cost me ten dollars.**　筆記本花了我十塊錢。
- **Taylor sat in a taxi in a traffic jam.**　塞車時泰勒坐在計程車上。

韻文練習 🔊082

Trot and trot to Boston town
To get a stick of candy.
One for you,
And one for me,
And one for Dicky Dandy.

▲中譯請見 p. 161

子音

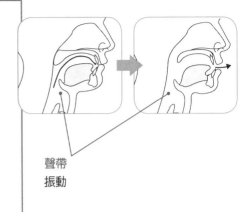

聲帶
振動

部位	方式
齒齦	閉塞 → 爆破

發音方法

雙唇微微張開,舌尖頂住上排齒齦的後方,彈開舌尖然後讓氣流衝出嘴巴、振動聲帶,發出爆裂氣流聲的塞音。

發音訣竅

接近注音符號「ㄉ」。[d] 的發音方式與 [t] 相當類似,差別在於聲帶是否振動。發 [d] 時聲帶振動,若摸喉嚨,會感受到細微的振動。

出現位置

字首	字中	字尾
[dɪr]	[ˋkændḷ]	[bʌd]

deer	candle	bud
名 鹿	名 蠟燭	名 花蕾

常見的拼字

01 ▶ d

desk	dinner	dish	doctor
[dɛsk]	[ˋdɪnɚ]	[dɪʃ]	[ˋdɑktɚ]
名 書桌	名 晚餐	名 盤子	名 醫生

02 ▶ dd

add	daddy	goddess	pudding
[æd]	[ˋdædɪ]	[ˋgɑdɪs]	[ˋpʊdɪŋ]
名 添加	名 爸爸 (口語)	名 女神	名 布丁

詞語與句子練習 ◀084▶

詞語

· **d**ark clou**d**s 烏雲   · un**d**er the groun**d** 地下

例句

· Ri**d**e like the win**d**. 騎得像陣風。
· The ki**d** is no**dd**ing his hea**d**. 小孩正在點頭。
· I ha**d** a ba**d d**ream. 我做了一個惡夢。

韻文練習 ◀085▶

Five little **d**ucks went out one **d**ay,
Over the hills an**d** far away.
Mommy **d**uck calle**d** quack quack quack quack,
But only four little **d**ucks came back.

▲中譯請見 p. 161

無聲　軟顎　塞音

子音

$$[k]$$

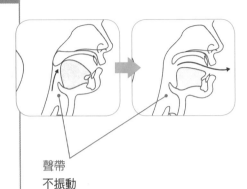

聲帶
不振動

部位　　　方式
舌根碰軟顎　閉塞 → 爆破

發音方法

雙唇微開，舌根向後碰觸軟顎後彈開，
讓氣流衝出口腔，聲帶不振動，發出氣
流聲的塞音。

發音訣竅

相當於注音符號「ㄎ」。

出現
位置

字首　　　　　字中　　　　　字尾

[kaɪt]　　　[ˈtʃɪkɪn]　　　[æsk]

kite　　　　chicken　　　　ask
名 風箏　　　名 雞肉　　　　動 問

01 c

clock
[klɑk]
名 時鐘

coat
[kot]
名 外套

cream
[krim]
名 奶油

cup
[kʌp]
名 杯子

02 k

cupcake
[ˋkʌp͵kek]
名 杯子蛋糕

kitchen
[ˋkɪtʃɪn]
名 廚房

monkey
[ˋmʌŋkɪ]
名 猴子

snake
[snek]
名 蛇

03 x = [ks]

box
[bɑks]
名 盒子

fox
[fɑks]
名 狐狸

six
[sɪks]
名 六

taxi
[ˋtæksɪ]
名 計程車

04 q

queen	question	quiet	squirrel
[kwin]	[`kwɛstʃən]	[`kwaɪət]	[`skwɝəl]
名 女王	名 問題	形 安靜的	名 松鼠

05 ck

back	neck	pocket	socks
[bæk]	[nɛk]	[`pɑkɪt]	[sɑks]
名 背部	名 頸	名 口袋	名 短襪

06 ch

character	Christmas	school	technology
[`kærɪktɚ]	[`krɪsməs]	[skul]	[tɛk`nɑlədʒɪ]
名 角色	名 聖誕節	名 學校	名 科技

若單字中同一個音節裡出現 sq 或 sch 時，[k] 發音不送氣，此時近似注音符號「ㄍ」的音。試比較 cool [kul] 與 school [skul]，cool 的 [k] 送出的氣流較 school 的 [k] 強。

延伸學習 ◖087◗

特別的拼字寫法

cc
occur	soccer
[əˋkɝ]	[ˋsɑkɚ]
動 發生	名 足球

詞語與句子練習

詞語
- take a break　休息一下
- kick the bucket　翹辮子
- the king and queen　國王與皇后

例句
- Quit smoking cold turkey.　斷然戒菸。
- There was no cloud in the sky.　天上無雲。
- Please keep my secrets.　請守住我的秘密。

韻文練習 ◖088◗

Pat-a-cake, pat-a-cake,
The baker man.
Bake me a cake
Just as fast as you can.

▲中譯請見 p. 161

有聲 軟顎 塞音

子音

[g]

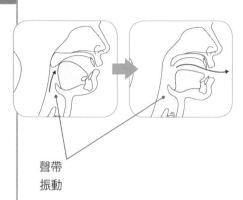

聲帶
振動

發音方法

雙唇微開,舌根向後碰觸軟顎後,彈開
讓氣流衝出口腔,聲帶振動,發出氣流
聲的塞音。

部位　　　方式
舌根碰軟顎　閉塞 → 爆破

發音訣竅

相當於注音符號「ㄍ」,但是 [g] 在尾
音時要盡量輕聲。

出現
位置

字首	字中	字尾
[gre]	[ˈɪŋglɪʃ]	[bʌg]

gray　　　　English　　　　bug
名 灰色　　　名 英語　　　　名 蟲子

01 g

glove
[glʌv]
名 手套

green
[grin]
名 綠色

02 gg

egg
[ɛg]
名 蛋

baggage
[ˋbægɪdʒ]
名 行李

03 x = [gz]

exam
[ɪgˋzæm]
名 考試

example
[ɪgˋzæmpl̩]
名 例子

04 gh

ghost
[gost]
名 鬼

spaghetti
[spəˋgɛtɪ]
名 義大利麵

註 特別是 ex 一起出現時 x 發 [gz] 的音

詞語與句子練習 090

詞語
· a good dog　好狗狗　　· great-grandfather　曾祖父

例句
· Grant got lots of birthday gifts.　葛蘭特收到很多生日禮物。
· Pigs are ugly and greedy.　豬又醜又貪吃。

韻文練習 091

To market, to market, to buy a fat pig;
Home again, home again, jiggety jig.
To market, to market, to buy a fat hog;
Home again, home again, jiggety jog.

▲中譯請見 p. 161

092 (A) 請聽 MP3，並勾選出正確的音標。

1. ☐ [bɪg]　☐ [pɪg]
2. ☐ [læb]　☐ [læp]
3. ☐ [tɪr]　☐ [dɪr]
4. ☐ [wɛt]　☐ [wɛd]
5. ☐ [ˈlædɚ]　☐ [ˈlætɚ]
6. ☐ [gɑr]　☐ [kɑr]
7. ☐ [rʌg]　☐ [rʌk]
8. ☐ [lɛk]　☐ [lɛg]

093 (B) 請聽 MP3，在空格內填入正確的音標。

1. [ˈ__rɑ__ə__lɪ]
2. [ˈ__rif,__es]
3. [ˈke__ə__l]
4. [ˌɪn__ɪˈpɛn__ən__]
5. [aɪˈ__ɛn__ə,faɪ]
6. [ˈ__æ__,__raʊn__]
7. [__ən`__rætʃə,le__]
8. [ˌæ__sə`__ɛntl̩]

094 (C) 請聽 MP3，並在空格內填入正確的音標。

1. capable　　[ˈ__e__ə__l̩]
2. guidebook　[ˈ__aɪ__,bʊ__]
3. antiquity　 [ænˈ__ɪ__wə__ɪ]
4. schoolmaster [ˈs__ul,mæs__ɚ]

🔊095 **D** 請判斷圖上方加底線的子音，並圈出右方哪一個加底線的母音與其相同。

❶ garlic

gene
giant
ghost
gym

❷ question

check
school
circle
guard

🔊096 **E** 請聽下面的韻文誦讀，仔細聆聽，並跟著練習朗誦。

Sleep, Baby, Sleep

Sleep, baby, sleep!
Your father guards the sheep,
Your mother shakes the dreamland tree,
And from it fall sweet dreams for you.
Sleep, baby, sleep.

Sleep, baby, sleep.
Our cottage vale is deep.
The little lamb is on the green
With snowy fleece so soft and clean.
Sleep, baby, sleep.

▲中譯請見 p. 161

Exercise

05

p

b

t

d

k

g

無聲 唇齒 擦音

子音

$$[f]$$

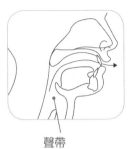

聲帶
不振動

發音方法

上排牙齒輕貼下唇內側，氣流從下唇和
上排牙齒間的空隙吹出，發出擦音，此
時聲帶不振動。

發音訣竅

相當於注音符號「ㄈ」。

部位	方式
唇齒	擦音

出現位置

字首

[flaɪ]

fly
動 飛

字中

[ˋdrægənˌflaɪ]

dragonfly
名 蜻蜓

字尾

[kɔf]

cough
動 咳嗽

常見的拼字

01 f

02 ff

half	flag	buffet	giraffe
[hæf]	[flæg]	[buˋfe]	[dʒəˋræf]
名 一半	名 旗子	名 西式自助餐	名 長頸鹿

特別的拼字寫法 098

ph		gh	
photograph	typhoon	laugh	rough
[ˋfotə͵græf]	[taɪˋfun]	[læf]	[rʌf]
名 相片	名 颱風	動 笑	形 粗糙的

詞語與句子練習

詞語
- forget and forgive　忘記與原諒
- a female firefighter　女性消防員

例句
- I'm afraid of frogs.　我很怕青蛙。
- Phil loves to play golf.　菲爾喜歡打高爾夫球。

韻文練習 099

Little Peter Rabbit had a fly upon his ear,
Little Peter Rabbit had a fly upon his ear,
Little Peter Rabbit had a fly upon his ear,
And he flicked it 'til it flew away.

▲ 中譯請見 p. 161

子音

[v]

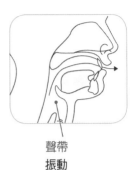

聲帶
振動

發音方法

發音位置與 [f] 相同,上排牙齒輕貼下唇內側,氣流從下唇和上排牙齒間吹出,發出擦音,不同的是發 [v] 時,聲帶須振動。

部位　　方式
唇齒　　擦音

出現位置

字首	字中	字尾
[vot]	[ɪˋlɛvən]	[dʌv]
vote	eleven	dove
動 投票	名 十一	名 白鴿

01 V

cave
[kev]
名 洞穴

festival
['fɛstəvl̩]
名 節日

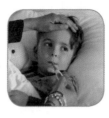

fever
['fivɚ]
名 發燒

guava
[gwɑvə]
名 芭樂

vacation
[veˈkeʃən]
名 假期

vase
[ves]
名 花瓶

vehicle
['viɪkl̩]
名 車輛

violin
[ˌvaɪəˈlɪn]
名 小提琴

詞語與句子練習 101

詞語
- **above average** 超出一般水平
- **my favorite movie** 我最愛的電影

例句
- **I'm going to visit relatives this summer.** 夏天我將要去拜訪親戚。

韻文練習 102

Over the river and through the woods,
Oh, how the wind does blow.
It stings the toes and bites the nose,
As over the ground we go.

▲中譯請見 p. 161

子音

聲帶
不振動

發音方法

雙唇微開,舌尖放在上下兩排靠攏的牙齒中間,吐出氣流發出擦音,此時聲帶不振動。

發音訣竅

發音時將舌頭放在兩排牙齒中間吐氣,有點像是講話大舌頭一樣,但不振動聲帶。國人常把這個音發成 [s],請勿混淆。

部位　　方式
齒間　　擦音

出現位置

字首	字中	字尾
[θɪk]	[ˋhɛlθɪ]	[bæθ]

thick	healthy	bath
形 厚的	形 健康的	名 洗澡

01 th

birth
[bɝθ]
名 出生

cloth
[klɔθ]
名 布

death
[dɛθ]
名 死亡

earth
[ɝθ]
名 土

growth
[groθ]
名 成長

moth
[mɔθ]
名 蛾

path
[pæθ]
名 小徑

think
[θɪŋk]
動 想

詞語與句子練習 `104`

詞語
· **from north to south** 從北到南
· **throw a birthday party** 舉辦生日派對

例句
· **The author thanks the reviewer for his valuable feedback.**
作者謝謝評審提供寶貴的意見。

· **The baby swallowed something in his mouth.**
小寶寶吞下了嘴巴裡的東西。

韻文練習 `105`

My grandmother has a green thumb.
She grows thousands of thistles and thorns.
She gardens with thimbles and thick leather gloves
And she sings to those weeds with a mother's love.

▲中譯請見 p. 161 105

有聲 齒間 擦音

子音

[ð]

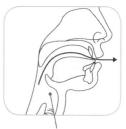

聲帶
振動

發音方法

雙唇微開,舌尖放在上下兩排靠
攏的牙齒中間,吐出氣流發出擦
音,聲帶振動。

發音訣竅

發音時將舌頭放在兩排牙齒中間
吐氣,有點像是講話大舌頭一
樣,但要振動聲帶。

部位　　方式
齒間　　擦音

出現
位置

字首

[ðɪs]

this
代 這個

字中

[ˋmʌðɚ]

mother
名 母親

字尾

[brið]

breathe
動 呼吸

01 ▶ th

bathe
[beð]
動 給……洗澡

breathe
[brið]
動 呼吸

father
[ˈfɑðɚ]
名 父親

feather
[ˈfɛðɚ]
名 羽毛

smooth
[smuð]
形 光滑的

southern
[ˈsʌðɚn]
形 南方的

that
[ðæt]
代 那個

weather
[ˈwɛðɚ]
名 天氣

詞語與句子練習 🎧107

詞語
- **father and mother**　父母
- **gather together**　聚集在一起

例句
- **I don't know their names, either.**　我也不知道他們的名字。
- **The teacher wants students to share their stories with one another.**　老師要學生彼此分享他們的故事。

韻文練習 🎧108

Little Bo-Peep has lost her sheep,
And doesn't know where to find them.
Leave them alone, and they'll come home
Wagging their tails behind them.

無聲　齒齦　擦音

子音

[S]

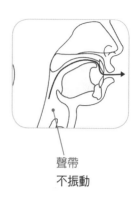

聲帶
不振動

部位	方式
齒齦	擦音

發音方法

雙唇微開，上下兩排牙齒靠很近，上排牙齒在下排牙齒前上方；舌面往上牙齦移動，留下一絲空隙，吐氣時聲帶不振動，氣流從齒縫間流出而發出擦音。

發音訣竅

相當於注音符號「ㄙ」。

出現位置

字首
['sæləd]

salad
名 沙拉

字中
['ænsɛstɚ]

ancestor
名 祖先

字尾
['æktrɪs]

actress
名 女演員

常見的拼字

01 S

artist	baseball
[`ɑrtɪst]	[`bes͵bɔl]
名 藝術家	名 棒球

02 SS

dress	glasses
[drɛs]	[`glæsɪz]
名 洋裝	名 眼鏡

03 C

註 c 發 [s] 的音時，通常後面接了字母 e、i、y

bicycle	cigarette	dancer	prince
[`baɪsɪkl̩]	[`sɪgə͵rɛt]	[`dænsɚ]	[prɪns]
名 腳踏車	名 香菸	名 舞者	名 王子

詞語與句子練習 110

詞語

· steal cars and bicycles   偷車和腳踏車
· cereal for breakfast   早餐吃麥片

例句

· Some dogs like to chase vehicles.   有些狗喜歡追車子。
· The prince and princess live happily ever after.
王子與公主從此過著幸福快樂的日子。

韻文練習 111

Down in the valley
Where the green grass grows.
There sat Susie as pretty as a rose.
She sang so sweet.

▲中譯請見 p. 161

子音

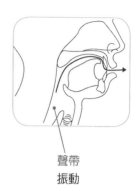

$$\left[\ z\ \right]$$

聲帶
振動

部位　　　方式
齒齦　　　擦音

發音方法

雙唇微開，上下兩排牙齒靠很近，上排牙齒在下排牙齒前上方；舌面往上牙齦移動並吐氣，聲帶振動，發出有聲的擦音。

發音訣竅

[z] 的發音原則與 [s] 大致相同，差別在於聲帶振動與否。

出現
位置

字首　　　　　　字中　　　　　　字尾

[ˋzɪro]　　　　[ˋprɛzənt]　　　　[dʒæz]

zero　　　　　present　　　　jazz
名 零　　　　　名 禮物　　　　　名 爵士

常見的拼字

01 Z

freezer
[ˋfrizɚ]
名 冷凍庫

magazine
[ˋmæɡəˏzin]
名 雜誌

02 ZZ

dizzy
[ˋdɪzɪ]
形 頭暈的

puzzle
[ˋpʌzl̩]
名 拼圖

03 S

closet
[ˋklɑzɪt]
名 衣櫥

desert
[ˋdɛzɚt]
名 沙漠

04 SS

dessert
[dɪˋzɝt]
名 甜點

scissors
[ˋsɪzɚz]
名 剪刀

詞語與句子練習 🎧113

詞語
- **de**si**gn maga**zi**ne**s　設計雜誌
- **amazing bu**s**inessmen**　了不起的商人

例句
- **Choose the right size for you.**　選一個適合你的尺寸。
- **The mu**s**ician i**s **as bu**s**y as a bee.**　音樂家忙得不可開交。

韻文練習 🎧114

Ring around the roses,
A pocket full of posies.
Ashes, ashes, we all stand still.

▲中譯請見 p. 162

Exercise 6

115 A 請聽 MP3，並勾選出正確的音標。

❶ □ [fel] □ [vel]
❷ □ [pis] □ [piz]
❸ □ [ðo] □ [θo]
❹ □ [lɪv] □ [lɪf]
❺ □ [sɪp] □ [zɪp]
❻ □ [mæð] □ [mæθ]

116 B 請聽 MP3，在空格內填入正確的音標。

❶ [ˋ___e___ərɪt]
❷ [ˏɪn___ɚˋmeʃən]
❸ [ˋ___ʌməˏraɪ___]
❹ [ˏ___əmˋ___ɛl___z]
❺ [ˋ___ʌndɚˏ___tɔrm]
❻ [ˋ___ʌ___ɚn]

117 C 在空格內填入正確的音標。

❶ emphasize [ˋɛm___əˏ___aɪ___]
❷ mouthpiece [ˋmaʊ___ˏpi___]
❸ musician [mjuˋ___ɪʃən]
❹ socialism [ˋ___oʃəlˏɪ___əm]

D 請判斷圖上方加底線的子音，並圈出右方哪一個加底線的母音與其相同。

❶ mou<u>th</u>

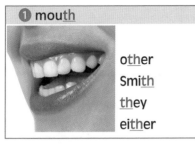

o<u>th</u>er
Smi<u>th</u>
<u>th</u>ey
ei<u>th</u>er

❷ enou<u>gh</u>

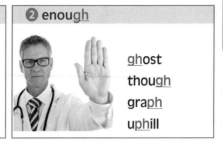

<u>gh</u>ost
thou<u>gh</u>
gra<u>ph</u>
up<u>h</u>ill

❸ ja<u>s</u>mine

<u>c</u>ease
<u>c</u>lose
M<u>s</u>.
<u>sh</u>oe

❹ ea<u>s</u>y

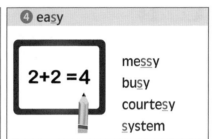

2+2 = 4

me<u>ss</u>y
bu<u>s</u>y
courte<u>s</u>y
<u>s</u>ystem

 E 請聽下面的韻文誦讀，仔細聆聽，並跟著練習朗誦。

Three Blind Mice

Three blind mice,

Three blind mice,

See how they run!

See how they run!

They all ran after the farmer's wife,

Who cut off their tails with a carving knife.

Did you ever see such a thing in your life

As three blind mice?

▲中譯請見 p. 162

f
v
θ
ð
s
z

Exercise 06

118

119

子音

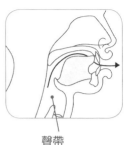

聲帶
不振動

發音方法

雙唇嘬起，舌面升高接近硬顎，然後向
外吹氣，氣流摩擦舌面，此時聲帶不振
動，發出類似「噓」的聲音（嘴形比
「噓」稍大）。

部位	方式
硬顎	擦音

發音訣竅

相當於中文的「噓」。

出現
位置

字首	字中	字尾
[∫u]	[ˋmʌ∫rum]	[brʌ∫]

shoe　　　　mushroom　　　　brush

名 鞋子　　　名 香菇　　　名 梳子

01 sh

ash	cash	fish	shake
[æʃ]	[kæʃ]	[fɪʃ]	[ʃek]
名 灰燼	名 現金	名 魚肉	動 握手

02 t

action	invitation	position	relationship
[ˋækʃən]	[͵ɪnvəˋteʃən]	[pəˋzɪʃən]	[rɪˋleʃən͵ʃɪp]
名 動作	名 邀請；邀請函	名 姿勢	名 關係

03 c

ancient	politician	magician	musician
[ˋenʃənt]	[͵pɑləˋtɪʃən]	[məˋdʒɪʃən]	[mjuˋzɪʃən]
形 古老的	名 政治家	名 魔術師	名 音樂家

 單字中常出現 -tion、-cial、-cious、-cian 等等的字尾，這些 t 和 c 常發 [ʃ] 的音，而 t 和 c 之後的母音不管有幾個字母，常因非重音節的緣故弱化為 [ə]。

115

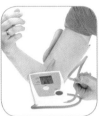

discussion	**expression**	**pressure**	**tissue**
[dɪˋskʌʃən]	[ɪkˋsprɛʃən]	[ˋprɛʃɚ]	[ˋtɪʃu]
名 討論	名 表情	名 壓力	名 衛生紙

chef	**machine**	**mustache**	**parachute**
[ʃɛf]	[məˋʃin]	[ˋmʌstæʃ]	[ˋpærəˏʃut]
名 主廚	名 機器	名 八字鬍	名 降落傘

anxious	**complexion**	**luxury**	**sexual**
[ˋæŋkʃəs]	[kəmˋplɛkʃən]	[ˋlʌkʃərɪ]	[ˋsɛkʃuəl]
形 焦慮的	名 膚色	名 奢侈品	形 性的

延伸學習 🎧121

特別的拼字寫法

s			
sugar	**sure**	**expan**sion	**exten**sion
[`ʃugɚ]	[ʃur]	[ɪk`spænʃən]	[ɪk`stɛʃən]
名 糖	形 確信的	名 擴張	名 電話分機

以 -sion 結尾的單字，s 通常都是發 [ʃ] 的音，而 s 之後的母音不管有幾個字母，常因非重音節的緣故弱化為 [ə]。

詞語與句子練習

詞語
- **sh**ine your **sh**oes　擦亮你的鞋子
- **sh**ake your **sh**oulders　動動你的肩膀

例句
- We **sh**ould pu**sh** for action on recycling.
  我們應該推動資源回收。
- My mom wants me to **sh**ave the mu**st**ache.
  我媽希望我刮鬍子。

韻文練習 🎧122

Here we go round the mulberry bu**sh**,
The mulberry bu**sh**, the mulberry bu**sh**.
Here we go round the mulberry bu**sh**,
So early in the morning.

▲中譯請見 p. 162

子音 [ʒ]

發音方法

發音位置與 [ʃ] 相同、發音方式也很類似：雙唇嘬起，舌面升高接近硬顎，然後向外吹氣，氣流經過舌面發出擦音，但發 [ʒ] 時聲帶需振動。

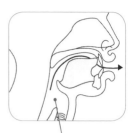

聲帶
振動

部位　　方式
硬顎　　擦音

出現
位置

字 中

[ˋtrɛʒɚ]

treasure
名 寶藏

[kənˋfjuʒən]

confusion
名 困惑

字 尾

[beʒ]

beige
名 米色

01 s

decision
[dɪˋsɪʒən]
名 決定

vision
[ˋvɪʒən]
名 視力

casual
[ˋkæʒʊəl]
名 非正式的

leisure
[ˋliʒɚ]
名 休閒

02 g

garage
[gəˋrɑʒ]
名 車庫

massage
[məˋsɑʒ]
名 按摩

rouge
[ruʒ]
名 胭脂；口紅，唇膏

含有 [ʒ] 的單字中常常看到 -si 或 -su 的組合，此時 s 發 [ʒ] 的音。若單字來自法文，g 發 [ʒ] 的音：genre [ˋʒɑnrə]（文藝作品的類型）。

詞語與句子練習 124

詞語
· a televi**si**on show　電視節目　· a special occa**si**on　特別的場合

例句
· Many experts pursue professional presti**g**e in their own field.　許多專家在個人領域中追逐專業名聲。
· George leads the engineering divi**si**on.　喬治領導工程部門。

韻文練習 125

Mrs. Montage had a vision
Of a new beige dress with azure stitching.
She measured out cloth and casually sewed,
Adding a corsage—a bright pink rose.

子音

$$[t\int]$$

聲帶
不振動

發音方法

由 [t] 與 [∫] 組成。發音時，雙唇嘟起，舌尖先頂住齒齦到硬顎中間這一段，像要發 [t] 一樣封住口腔通道，讓氣流在口腔裡受到阻礙，接著下巴及舌頭突然向下放開，同時擠出氣流發出擦音 [∫]，聲帶不振動。

部位　　　　方式
齦顎　　　　塞擦音

發音訣竅

近於中文「去」字，嘴形比「去」稍大。

出現位置

字首	字中	字尾
[t∫ɛs]	[ˋtitɚ]	[bɛnt∫]
chess	teacher	bench
名 西洋棋	名 老師	名 長椅

01 ch

chart
[tʃɑrt]
名 圖表

chick
[tʃɪk]
名 小雞

02 tch

kitchen
[ˈkɪtʃɪn]
名 廚房

catch
[kætʃ]
動 抓住

03 t

agriculture
[ˈæɡrɪˌkʌltʃɚ]
名 農業

future
[ˈfjutʃɚ]
名 未來

question
[ˈkwɛstʃən]
名 問題

digestion
[dəˈdʒɛstʃən]
名 消化

詞語與句子練習 🔊127

詞語
· chocolate chips　　巧克力碎片
· cheese sandwich　　起司三明治

例句
· Children are chasing each other.　　孩子互相追來追去。
· Charles can motivate you, teach you, and coach you to a championship.　　查爾斯可以激發你、教導你、指導你贏得冠軍。

韻文練習 🔊128

There once was a fat chimpanzee.
All day long he ate chocolate and cheese.
He chomped and he chewed; he munched and he crunched.
Then he asked for more chocolate, please.

t∫ dʒ 🎧129 　　　　　　有聲　齦顎　塞擦音

子音

[dʒ]

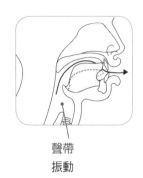

聲帶
振動

發音方法

由 [d] 與 [ʒ] 組成。發音時雙唇噘起，舌尖先頂住齒齦到硬顎中間這一段，像要發 [d] 一樣封住口腔通道，讓氣流在口腔裡受到阻礙，接著下巴及舌頭突然向下放開，同時擠出氣流發出擦音 [ʒ]，聲帶振動。

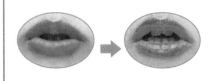

部位　　　　方式
齦顎　　　　塞擦音

發音訣竅

近於中文「居」字，嘴形比「居」稍大。

出現位置

字首	字中	字尾
[ˋdʒɛntḷmən]	[ˋɛndʒḷ]	[ˋbægɪdʒ]

gentleman　　　　angel　　　　baggage
名 紳士　　　　　名 天使　　　　名 行李

註 字母 g 後接 e、i、y 時，g 發 [dʒ] 的音

01 j

joke
[dʒok]
名 玩笑

jelly
[ˋdʒɛlɪ]
名 果凍

02 g

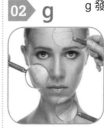

age
[edʒ]
動 變老

geography
[ˋdʒɪˋɑgrəfɪ]
名 地理

03 dg

bridge
[brɪdʒ]
名 橋

dodge
[dɑdʒ]
動 躲避

04 d

graduate
[ˋgrædʒuˏet]
動 畢業

soldier
[ˋsoldʒɚ]
名 軍人

詞語與句子練習 130

詞語
· a **general** manager　總經理
· change your stra**tegy**　改變你的策略

例句
· **J**oyce enjoys this challen**g**in**g** game.　喬伊絲很喜歡這個有挑戰性的遊戲。
· A man dressed in a leather **j**acket and blue **j**eans.
男子身穿皮衣及藍色牛仔褲。

韻文練習 131

Georgie Porgie, pudding, and pie,
Kissed the girls and made them cry.
When the boys came out to play,
Georgie Porgie ran away.

▲中譯請見 p. 162　123

Exercise 7

132 A 請聽 MP3，並勾選出正確的音標。

❶ ☐ [brʌʃ] ☐ [brʌʒ]
❷ ☐ [dʒɪr] ☐ [tʃɪr]
❸ ☐ [dʒin] ☐ [ʒin]
❹ ☐ [tʃo] ☐ [ʃo]
❺ ☐ [ʃi] ☐ [ʒi]
❻ ☐ [dɑdʒ] ☐ [dɑʒ]

133 B 請聽 MP3，在空格內填入正確的音標。

❶ [__en__]
❷ [ˋvɝ__ən]
❸ [__əˋkɑgo]
❹ [məˏsɑ__]

134 C 在空格內填入正確的音標。

❶ exposure [ɪkˋspo__ɚ]
❷ fortune [ˋfɔr__ən]
❸ issue [ˋɪ__jʊ]
❹ gentleman [ˋ__ɛntl̩mən]

🎧135 (D) 請判斷圖上方加底線的子音，並圈出右方哪一個加底線的母音
與其相同。

❶ garbage

gas
log
page
Google

❷ shark

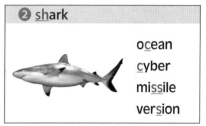

ocean
cyber
missile
version

❸ television

pleasure
press
sure
brush

❹ child

Christ
headache
pitch
stomach

ʃ
ʒ
tʃ
dʒ

🎧136 (E) 請聽下面的韻文誦讀，仔細聆聽，並跟著練習朗誦。

Angels Watching Over Me

All night, all day,

Angels are watching over me, my Lord.

All night, all day,

Angels are watching over me.

▲中譯請見 p. 162

子音

$$[m]$$

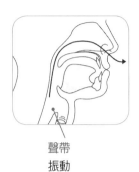

聲帶
振動

發音方法

雙唇用力緊閉，上下牙齒沒碰在一起，再將氣流從鼻腔送出，由鼻腔發出聲音。[ə] 可與 [m] 組合成 [əm] 或合寫為 [m̩]，[m̩] 是一個獨立的音節，如 awesome [ˈɔlsm̩]（很好的）。

部位　　方式
雙唇　　鼻音

發音訣竅

若 [m] 在母音前，且是音節的開頭，發音近似注音符號「ㄇ」的音。若 [m] 在母音後，且是音節的結尾，則發音時嘴巴緊閉不張開。試比較 mad 和 aim 的 [m]。

出現位置

字中		字尾
[mæd]	[ˈkæml̩]	[em]
mad	camel	aim
形 生氣的	名 駱駝	名 目標

126

常見的拼字

01 m

ham	bedroom
[hæm]	[ˈbɛd͵rʊm]
名 火腿	名 臥室

02 mm

summer	yummy
[ˈsʌmɚ]	[ˈjʌmɪ]
名 夏天	形 美味的

03 mb

comb	lamb
[kom]	[læm]
名 梳子	名 小羊

04 mn

autumn	column
[ˈɔtəm]	[ˈkɑləm]
名 秋天	名 圓柱

詞語與句子練習 138

詞語
- **American dream** 美國夢
- **remain calm** 保持冷靜

例句
- **Family comes first.** 家庭優先。
- **We look at each other at the same time.** 我們同時對望。

韻文練習 139

I see the moon,
And the moon sees me.
God bless the moon,
And God bless me.

有聲　齒齦　鼻音

子音

$$[\text{n}]$$

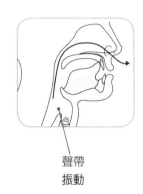

聲帶
振動

發音方法

雙唇微開，舌尖抵住上齒齦，振動聲帶，由鼻腔發出聲音。當 [n] 出現在非重音節字尾時，可與弱化為 [ə] 的母音組合成 [ən]，可視為一個音節常合寫為 [ņ]，如 student [ˋstudņt]（學生）。

部位	方式
齒齦	鼻音

發音訣竅

若 [n] 在母音前，且是音節的開頭，發音近似注音符號「ㄋ」的音。若 [n] 在母音後，且是音節的結尾，則發音時舌頭留在上齒齦沒有降下來，近似注音符號「ㄣ」的音。試比較 note 和 apron 的 [n]。

出現位置

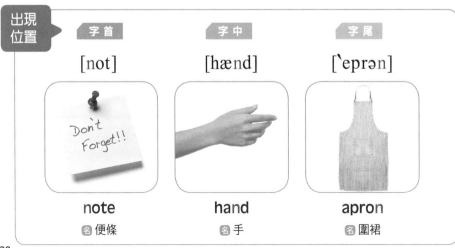

字首	字中	字尾
[not]	[hænd]	[ˋeprən]
note	hand	apron
名 便條	名 手	名 圍裙

01 n

nest
[nɛst]
名 鳥巢

pants
[pænts]
名 褲子

02 nn

inn
[ɪn]
名 旅館

tennis
['tɛnɪs]
名 網球

03 kn

knife
[naɪf]
名 刀子

knock
[nɑk]
動 敲

04 gn

design
[dɪ'zaɪn]
動 設計

sign
[saɪn]
名 符號

詞語與句子練習 141

詞語
· **hand in hand**　　攜手　　· **brand new shoes**　　全新的鞋子

例句
· **Noah is the only son of Nick and Anne.**　　諾亞是尼克和安妮唯一的兒子。
· **She wants to sit quietly and have a nice dinner alone.**
她想靜靜坐著，一個人好好地吃頓飯。

韻文練習 142

Oh, do you know the muffin man,
The muffin man, the muffin man?
Oh, do you know the muffin man
Who lives on Drury Lane?

子音

$$[ŋ]$$

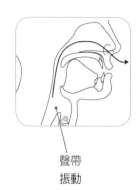

聲帶
振動

發音方法

發音時，雙唇微開，舌根隆起抵住軟顎，由鼻腔發出聲音。[ŋ] 與 [n] 發音不同的是，發 [n] 時舌尖要抵住上齒齦，而發 [ŋ] 是舌根隆起抵住軟顎。

部位	方式
軟顎	鼻音

發音訣竅

近於注音符號「ㄥ」。

出現位置

字首	字中	字尾
[drɪŋk]	[ˈtraɪˌæŋgl̩]	[ˈdʌmplɪŋ]
drink	triangle	dumpling
動 喝	名 三角形	名 水餃

當單字中出現 -nk，且在同一個音節中，這時 [n] 受到 [k] 發音位置的影響，發音變成了 [ŋ]（如 drink [drɪŋk]）。當單字中出現 -ng，且 n 和 g 都要發音，這時 [n] 受到 [g] 發音位置的影響，發音變成了 [ŋ]（如 triangle [ˈtraɪˌæŋgl̩]）。

01 ▶ n

pink
[pɪŋk]
⑱ 粉紅色的

sink
[sɪŋk]
⑲ 水槽

mango
[ˋmæŋgo]
⑲ 芒果

rectangle
[rɛkˋtæŋgl̩]
⑲ 長方形

02 ▶ ng

building
[ˋbɪldɪŋ]
⑲ 建築物

hanger
[ˋhæŋɚ]
⑲ 衣架

king
[kɪŋ]
⑲ 國王
（圖為亨利八世）

ping-pong
[ˋpɪŋˌpɑŋ]
⑲ 乒乓球

詞語與句子練習 144

詞語
· **long fingers**　修長的手指　· **a strong feeling**　強烈的感受

例句
· **Frank is rolling a bowling ball.**　法蘭克正把保齡球滾出去。
· **He looked up at the blank ceiling.**　他抬頭看著空蕩蕩的天花板。

韻文練習 145

Little Bunny Foo-Foo
Came hopping through the forest,
Scooping up the field mice,
And bopping them on the head.

▲中譯請見 p. 163　**131**

子音

$$[l]$$

 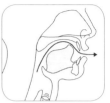

註：音節尾的 [l] 舌頭
不用碰到齒齦

聲帶
振動

部位　　方式
齒齦　　流音（或邊音）

發音方法

發音時，舌尖部分輕觸上齒齦，振動聲帶，氣流會從舌頭兩邊流出去，此發音方式稱為「流音」或「邊音」。[ə] 可與 [l] 組合成為 [əl] 又寫作 [l̩]，是一個獨立的音節，[l̩] 只出現在非重音音節，如 little [ˈlɪtl̩]（小的）。

發音訣竅

[l] 在母音前，且是音節的開頭，發音近似注音符號「ㄌ」的音；[l] 在母音後，且在音節尾，發音近似注音符號「ㄛ」的音，最後舌尖留在上齒齦沒有降下來。試比較 love 和 bowl 的 [l]。

出現位置

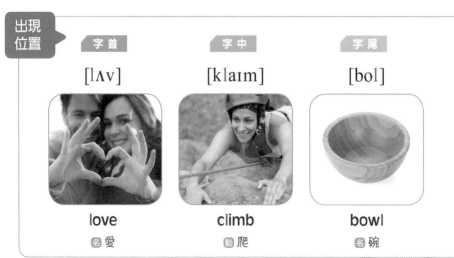

字首	字中	字尾
[lʌv]	[klaɪm]	[bol]
love	climb	bowl
名 愛	動 爬	名 碗

常見的拼字

01 l

balcony	clap	flour	lamp
[`bælkənɪ]	[klæp]	[flaʊr]	[læmp]
名 陽臺	動 拍手	名 麵粉	名 燈

02 ll

bell	doll	shell	yellow
[bɛl]	[dɑl]	[ʃɛl]	[`jɛlo]
名 鈴噹	名 洋娃娃	名 貝殼	名 黃色

詞語與句子練習 147

詞語
· one million people　一百萬人
· the Wall Street Journal　華爾街日報

例句
· Luke plays both football and basketball.　路克會踢足球，也會打籃球。
· I am still cold even if I put on my coat.　即使穿上外套，我還是覺得冷。

韻文練習 148

Jingle bells, jingle bells,
Jingle all the way!
Oh, what fun it is to ride
In a one-horse open sleigh!

子音

[r]

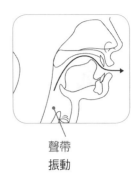

聲帶
振動

發音方法

雙唇稍微向外突出，舌尖只需稍稍捲起，不碰觸上齒齦，振動聲帶。

發音訣竅

當 [r] 在母音前，嘴唇會變圓形，如 red [rɛd]，近似注音符號「ㄖ」；當 [r] 在母音後或音節尾時，發音就很像注音符號「ㄦ」，如 pear [pɛr]。

部位	方式
捲舌，舌尖靠近齒齦	流音

出現位置

字首	字中	字尾
[rɛd]	[braʊn]	[pɛr]
red	brown	pear
名 紅色	名 棕色	名 洋梨

01 r

bar	**crane**	**race**	**stream**
[bɑr]	[kren]	[res]	[strim]
名（糖果、巧克力）棒	名 鶴	名 賽車	名 小河

02 rr

carrot	**parrot**
[ˋkærət]	[ˋpærət]
名 胡蘿蔔	名 鸚鵡

03 wr

wrist	**write**
[rɪst]	[raɪt]
名 手腕	動 寫

詞語與句子練習 150

詞語
- **draw fire** 招來批評
- **cry hard** 哭得很大聲

例句
- **We can never agree about what to wear.**
  對於要穿什麼衣服，我倆永遠有不同的意見。
- **They are glad that all the test results appear to be normal.**
  他們很開心所有的檢驗報告都顯示正常。

韻文練習 151

Teddy Bear, Teddy Bear, turn around.
Teddy Bear, Teddy Bear, touch the ground.
Teddy Bear, Teddy Bear, show your shoe.
Teddy Bear, Teddy Bear, that will do.

▲中譯請見 p. 163 135

有聲　唇展　硬顎　介音

子音

[**j**]

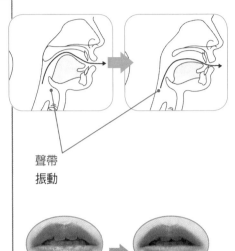

聲帶
振動

部位　　　　方式
硬顎　　　　介音（滑音）

發音方法

嘴形微開，舌面快速上升貼近硬顎，接著快速放鬆，振動聲帶，氣流滑出口腔發出聲音，故此發音方式稱為「介音」或「滑音」。

發音訣竅

聽起來很像是注音符號「ㄧ」和「ㄜ」的快速連音。

出現
位置

字首	字中	

[jɛs]　　　　　　[kjut]　　　　　[ˋmjuzɪk]

yes
名 是

cute
形 可愛的

music
名 音樂

💡　　[j] 的發音位置跟[i] 很像，舌頭會接近硬顎，但不同的是，[j] 的位置會很快滑到後面母音的位置，發音幾乎和後面的母音連在一起，所以又稱「半母音」。

01 y

canyon
[ˋkænjən]
名 峽谷

lawyer
[ˋlɔjɚ]
名 律師

02 u= [ju]

student
[ˋstjudn̩t]
名 學生

tutor
[ˋtjutɚ]
名 家庭教師

03 e + w = [ju]

stew
[stju]
名 燉肉

view
[vju]
名 景色

04 i

brilliant
[ˋbrɪljənt]
形 明亮的

million
[ˋmɪljən]
形 百萬（的）

詞語與句子練習 🎧153

詞語
· **beyond your limits** 超越你的極限　　· **New York University** 紐約州立大學

例句
· I want to learn how to use the computer to produce the illustrations. 我想學怎麼用電腦畫插畫。
· You have to communicate as openly and honestly as possible.
你必須盡量敞開、真誠地與人溝通。

韻文練習 🎧154

We wish you a Merry Christmas,
We wish you a Merry Christmas,
We wish you a Merry Christmas,
And a Happy New Year.

Good tidings we bring,
To you and your kin.
We wish you a Merry Christmas,
And a Happy New Year.

有聲　圓唇　軟顎　介音

子音

[W]

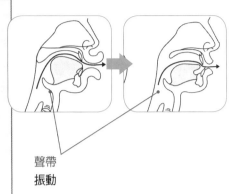

聲帶
振動

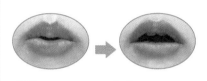

部位
雙唇稍圓、
舌頭靠近軟顎

方式
介音（滑音）

發音方法

舌面先快速後突接近軟顎、雙唇噘起稍圓，
接著舌面及嘴唇同時快速放鬆，聲帶振動、
氣流衝出口腔發出聲音。

發音訣竅

[w] 跟 [u] 的發音方式很像，聽起來很像
注音符號「ㄨ」的音。

出現位置

字首	字中	
[ˈwɑtɚ]	[swɑn]	[swit]

water
名 水

swan
名 天鵝

sweet
形 甜的

[w] 也是半母音，發音時會快速帶出後面所接的母音，如 we [wi]（我們）。
[w] 可與 [h] 組合成 [hw]，有時可省略 [h]，只唸成 [w]，如 white [hwaɪt]
或 [waɪt]（白色）。

常見的拼字

01 ▶ w

wealth
[wɛlθ]
名 財富

willow
[ˈwɪlo]
名 柳樹

02 ▶ wh= [hw]

whale
[hwel]
名 鯨魚

wheel
[hwil]
名 輪子

03 ▶ u

guava
[gwɑvə]
名 芭樂

liquid
[ˈlɪkwɪd]
名 液體

penguin
[ˈpɛngwɪn]
名 企鵝

squirrel
[ˈskwɝəl]
名 松鼠

詞語與句子練習 🎧156

詞語
· **l**ang**u**age acq**u**isition　語言習得
· **q**uality and **q**uantity　質與量

例句
· **W**e **w**ouldn't have to **w**orry.　我們不需要擔心。
· **W**hat is the specific **q**uestion?　具體的問題是什麼？

韻文練習 🎧157

We **w**ish you a Merry Christmas,
We **w**ish you a Merry Christmas,
We **w**ish you a Merry Christmas,
And a Happy New Year.

▲中譯請見 p. 163　**139**

子音

$$[\text{h}]$$

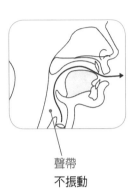

聲帶
不振動

發音方法

發音時舌頭自然平放，嘴巴輕鬆張開，上
下齒也張開，聲帶不振動，氣流從喉嚨吐
出與喉嚨摩擦發出氣音。

部位　　　　方式
喉頭　　　　擦音

發音訣竅

近於注音符號「ㄏ」。

出現
位置

字 首　　　　　　　　　　　字 中

[het]　　　　[ˈhækɚ]　　　　[ˈfɔrˌhɛd]

hate　　　　　hacker　　　　forehead
動 厭惡　　　　名 電腦駭客　　　名 額頭

01 h

beehive	hair	hat	heart
[ˋbihaɪv]	[hɛr]	[hæt]	[hɑrt]
名 蜂巢	名 頭髮	名 帽子	名 心

特別的拼字寫法 🎧159

wh			
who	wholesale	whom	whose
[hu]	[ˋhol͵sel]	[hum]	[huz]
代 誰	名 批發	代 誰	所 誰的

詞語與句子練習

詞語

· whole wheat　全麥　· from home to hospital　從家裡到醫院

例句

· Harry has alcohol in his home.　哈利家裡有酒。
· The dad did his daughter's hair because he wanted her to look like a princess.　爸爸幫女兒綁頭髮，因為希望她看起來像公主一樣。

韻文練習 🎧160

Hungry hippos snort and growl.
Hairy hyenas yip and howl.
Huge hogs grunt and snarl.
But the hummingbird hums a happy song.

▲中譯請見 p. 163

161 (A) 請聽 MP3，並勾選出正確的音標。

❶ ☐ [lun]　☐ [lum]　　❹ ☐ [wu]　☐ [hu]

❷ ☐ [bɛl]　☐ [bɜr]　　❺ ☐ [ɛl]　☐ [jɛl]

❸ ☐ [lon]　☐ [loŋ]　　❻ ☐ [tol]　☐ [tor]

162 (B) 請聽 MP3，在空格內填入正確的音標。

❶ [ˈɛ__ɪˌθɪ__]　　❸ [ɪ__ˈp__ɔɪ__ə__t]

❷ [ˈhʌ__ɪˌ__u__]　　❹ [sp__ɪ__]

163 (C) 在空格內填入正確的音標。

❶ enjoyment　　[ɪ__ˈdʒɔɪ__ne__ən__]

❷ overwhelming　[ˌovəˈ__ɛ__mɪ__]

❸ prolong　　　[p__əˈ__ɔ__]

❹ yell　　　　[ˈ__ɛ__]

164 (D) 請判斷圖上方加底線的子音，並圈出右方哪一個加底線的母音與其相同。

❶ i<u>n</u>k

li<u>n</u>k
li<u>n</u>e
autum<u>n</u>
su<u>n</u>

❷ jun<u>i</u>or

pr<u>i</u>or
un<u>i</u>on
act<u>i</u>on
sm<u>i</u>le

❸ <u>qu</u>een

con<u>qu</u>er
anti<u>qu</u>e
ade<u>qu</u>ate
pla<u>qu</u>e

❹ cli<u>mb</u>

nu<u>mb</u>er
ga<u>mb</u>le
bo<u>mb</u>
hu<u>mb</u>le

165 (E) 請聽下面的韻文誦讀，仔細聆聽，並跟著練習朗誦。

Pop! Goes the Weasel

All around the cobbler's bench,
The monkey chased the weasel.
The monkey thought it was all in fun.
Pop! Goes the weasel.

A penny for a spool of thread,
A penny for a needle.
That's the way the money goes.
Pop! Goes the weasel.

A half a pound of tuppenny rice,
A half a pound of treacle.
Mix it up and make it nice.
Pop! Goes the weasel.

Up and down the London road,
In and out of the Eagle.
That's the way the money goes.
Pop! Goes the weasel.

I've no time to plead and pine.
I've no time to wheedle.
Kiss me quick, and then I'm gone.
Pop! Goes the weasel.

▲中譯請見 p. 163

m
n
ŋ
l
r
j
w
h

Chapter

4

相關發音介紹

相關發音規則介紹

1 基本的發音規則

❶ 一個完整的字彙至少會有一個「母音」（**a**、**e**、**i**、**o**、**u**）。

❷「母音」可以分為：
- 單母音（如 [i]）
- 雙母音（如 [aɪ]，由兩個母音所組成且出現在同一音節中）

❸「子音」依照發音方法可分為：
- 塞音（氣流先受阻後衝出，如 [t]）
- 擦音（如 [s]）
- 塞擦音（氣流先受阻，再經摩擦後流出，如 [tʃ]）
- 鼻音（如 [m]）
- 流音（如 [l]）
- 介音（滑音）（如 [w]）

❹「子音」依照發音部位可分為：
- 雙唇（如 [p]）
- 唇齒（如 [f]）
- 齒間（如 [ð]）
- 齒齦（如 [t]）
- 齦顎（如 [tʃ]）
- 軟顎雙唇（如 [w]）
- 軟顎（如 [g]）
- 喉頭（如 [h]）

❺「一個母音 + 一個子音」的組合，其發音不一定會與拼字相同，例如：
- -al [ɔl]　　　• -er [ɚ]

❻ 一個單字有兩個母音時，一定要標注「重音ˋ」，有時還需要標注「次重音ˌ」，例如：**know-how** [ˋno͵haʊ] 技術。（注意：雙母音在同一個音節。）

2 其他常見的發音規則

規則	範例
❶ 「多音節」單字的重音節字尾是 a、e、i、o、u 時，常唸字母本身的發音。	• `_a_` → lady [ˈledɪ] 名 女士；小姐 • `_e_` → fever [ˈfivɚ] 名 發燒 • `_i_` → title [ˈtaɪtl] 名 標題 • `_o_` → mobile [ˈmobəl] 形 可移動的 • `_u_` → human [ˈhjumən] 名 人類
❷ 非重音節母音通常唸 [ə]。	• e·le·phant [ˈɛləfənt] 名 大象 • te·le·vi·sion [ˈtɛlə͵vɪʒən] 名 電視
❸ 同一音節中，s 後接 p、t、k（或 c 和 ch），音標雖標為 [p]、[t]、[k]，但發音氣流較弱。	• speed [spid] 名 速度 • despair [dɪˈspɛr] 名 絕望 • strong [strɔŋ] 形 強壯的 • custom [ˈkʌstəm] 名 習俗 • sky [skaɪ] 名 天空 • discuss [dɪˈskʌs] 動 討論
❹ 動詞人稱變化和名詞複數	
①字尾是無聲子音時（除了 [s]、[ʃ]、[tʃ]），後接「-s」，發 [s]。	• sleeps [slips] 動 睡覺 • cats [kæts] 名 貓
②字尾是有聲子音（除了 [z]、[ʒ]、[dʒ]）或母音時，後接「-s」，發 [z]。	• runs [rʌnz] 動 跑 • dogs [dɔgz] 名 狗
③字尾發 [s]、[z]、[ʃ]、[ʒ]、[tʃ]、[dʒ] 時，後接「-es」，發 [ɪz]。	• watches [ˈwɑtʃɪz] 動 看 • dresses [ˈdrɛsɪz] 名 洋裝
④字尾是 -ts、-ds 時，音標標註為 [ts]、[dz]，但通常 [s] 和 [z] 發音較重，[t] 和 [d] 發音較輕。	• pants [pænts] 名 褲子 • needs [nidz] 動 需要

❺ -d/-ed（規則動詞過去式及過去分詞）

① 動詞的字尾是無聲子音（除了 [t]）時，後接的 -d/-ed 發 [t]。	• touched [tʌtʃt] 動 觸摸 • liked [ˋlaɪkt] 動 喜歡
② 動詞的字尾是有聲子音（除了 [d]）或母音時，後接的 -d/-ed 發 [d]。	• played [pled] 動 玩耍 • lived [lɪvd] 動 居住 • judged [dʒʌdʒd] 動 審判
③ 動詞的字尾是 [t] 或 [d] 時，後接的 -ed 發 [ɪd]。	• waited [ˋwetɪd] 動 等待 • needed [ˋnidɪd] 動 需要

❻ -ing：動詞、形容詞或動名詞字尾出現 -ing 時，唸 [ɪŋ]。
- singing [ˋsɪŋɪŋ] 名 唱歌
- interesting [ˋɪntərɪstɪŋ] 形 有趣的
- reading [ˋridɪŋ] 名 閱讀

❼ 相鄰的兩個子音，有時連著唸。
- bl → black [blæk] 形 黑色的
- fl → flag [flæg] 名 旗子
- cr → cracker [ˋkrækɚ] 名 薄脆餅
- fr → France [fræns] 名 法國
- qu → queen [kwin] 名 女王
- spr → spring [sprɪŋ] 名 春天

❽ dr 和 tr 的音標為 [dr] 和 [tr]，但發音時較接近 [dʒr] 和 [tʃr]。
- dream [drim] 名 夢
- tree [tri] 名 樹

❾ ch、ph、sh、th、wh-、-gh 這六組的發音都和本身的字母無關。
- ch → cheese [tʃiz] 名 起司
- ph → phone [fon] 名 電話
- sh → shoe [ʃu] 名 鞋子
- th → think [θɪŋk] 動 想
- th → other [ˋʌðɚ] 形 其他的
- wh → wheel [(h)wil] 名 車輪
- gh → laugh [læf] 動 笑

❿ -tion：通常位於字尾（非重節），唸 [ʃən]。
- nation [ˋneʃən] 名 國家；民族
- motion [ˋmoʃən] 名 移動

⑪	-sion、-ssion：通常位於字尾，唸 [ʃən]。	• **passion** [`pæʃən] 名 熱情 • **tension** [ˈtɛnʃən] 名 緊張 • **mission** [`mɪʃən] 名 使命；任務
⑫	有重複的子音相鄰，只會唸一個子音（多音節的字彙，音節會在重複的子音之間分隔）。	• `_ mm _` → **sum·mer** [ˈsʌmɚ] 名 夏天 • `_ nn _` → **sun·ny** [ˈsʌnɪ] 形 晴朗的 • `_ tt _` → **Twit·ter** [ˈtwɪtɚ] 　　　　 名 推特（社群網站） • `_ ff _` → **traf·fic** [ˈtræfɪk] 名 交通
⑬	不發音的子音拼寫	
	① -mb ② kn- ③ wr- ④ gh- ⑤ gu- ⑥ -gh：有時不發音。	• `_ mb` → **climb** [klaɪm] 動 爬 • `kn _` → **know** [no] 動 知道 • `wr _` → **write** [raɪt] 動 寫 • `gh _` → **ghost** [gost] 名 鬼 • `gu _` → **guitar** [gɪˈtɑr] 名 吉他 • **light** [laɪt] 名 光線 • **bright** [braɪt] 形 明亮的 • **tight** [taɪt] 形 緊的 • **through** [θru] 介 穿過
⑭	相同的拼字發音可能不同	
	① ere：通常唸 [ɪr] 或 [ɛr]。	• **here** [hɪr] 副 這裡 • **there** [ðɛr] 副 那裡 • **where** [(h)wɛr] 副 哪裡
	② ear：通常唸 [ɪr] 或 [ɛr]。	• **ear** [ɪr] 名 耳 • **near** [nɪr] 形 近的 • **wear** [wɛr] 動 穿戴（衣物） • **tear** [tɛr] 動 撕裂 • **tear** [tɪr] 名 眼淚
	③ ow：通常唸 [o] 或 [aʊ]。	• **glow** [glo] 動 發光；發熱 • **bow** [bo] 名 弓 • **cow** [kaʊ] 名 母牛

④oo：通常唸 [ʊ] 或 [u]。	• good [gʊd] 形 好的 • foot [fʊt] 名 腳（單數） • tooth [tuθ] 名 牙齒（單數）
⑮ c後接i、e、y時，唸成 [s]。	• city [ˋsɪtɪ] 名 城市 • cell [sɛl] 名 細胞 • once [wʌns] 副 一次；一回 • cycle [ˋsaɪkl] 名 週期 • juicy [ˋdʒusɪ] 形 多汁的
⑯ g後接y時，唸成 [dʒ]，有時後接i、e也唸成 [dʒ]。	• giant [ˋdʒaɪənt] 名 巨人 • gene [dʒin] 名 基因 • age [edʒ] 名 年齡 • gym [dʒɪm] 名 體育館 • energy [ˋɛnədʒɪ] 名 活力
⑰ y與x	
①y位於字首，通常唸 [j]。	• yes [jɛs] 副 是的 • Yahoo [ˋjɑhu] 名 雅虎網站
②y位於單音節字尾，通常唸 [aɪ]。	• fry [fraɪ] 動 油煎 • my [maɪ] 所 我的
③y位於多音節字尾，通常唸 [ɪ]。	• candy [ˋkændɪ] 名 糖果 • lady [ˋledɪ] 名 女士
④x位於字尾，唸 [ks]。	• fox [fɑks] 名 狐狸 • sex [sɛks] 名 性別

3 英語單字重音的規則

　　英語字彙中主要重音音節的母音會**加重發音**，通常結合了語調的發音因此聽起來特別明顯，強度最高，音標的標記是[ˋ]（上標）；而**次重音**的音節發音強度稍微弱一點，音標的標記為[ˌ]（下標）；而沒有重音的音節聲音聽起來最輕。以下是一些判別字彙重音的常見規則。

167 ❶ 英語屬日耳曼語系，重音多落在字首。

- ˋkey•board [ˋkiˌbɔrd] 名 鍵盤
- ˋgar•den [ˋgɑrdn̩] 名 花園
- ˋChrist•mas [ˋkrɪsməs] 名 聖誕節

---

❷ 動詞與名詞若同形，名詞的重音多在前，動詞的重音多在後。

- ˋrecord [ˋrɛkəd] 名 紀錄
  → reˋcord [rɪˋkɔrd] 動 記錄
- ˋimport [ˋɪmport] 名 進口商品
  → imˋport [ɪmˋport] 動 輸入；進口
- ˋpermit [ˋpɝmɪt] 名 許可證
  → perˋmit [pɚˋmɪt] 動 准許

---

❸ 字首為dis-、pre-、re-、be-、un-、ad- 等字根，重音落在字根後面的第一個音節上。

- dis•ˋa•ble [dɪsˋebl̩] 動 使失去能力
- pre•ˋfer [prɪˋfɝ] 動 偏好
- re•ˋact [rɪˋækt] 動 反應
- be•ˋcause [bɪˋkɔz] 連 因為
- un•ˋlucky [ʌnˋlʌkɪ] 形 不幸的
- ad•ˋvance [ədˋvæns] 動 進展；進步

---

❹ 英語字有這些字尾，如-ful、-ly、-ness、-ship，重音的位置不會改變。

- ˋcare•ful [ˋkɛrfəl] 形 小心的
- ˋquick•ly [ˋkwɪklɪ] 副 迅速地
- ˋill•ness [ˋɪlnɪs] 名 生病；疾病
- ˋfriend•ship [ˋfrɛndʃɪp] 名 友誼

---

❺ 拉丁、希臘等語系借入的字彙，重音多落在字尾。

- bal•ˋloon [bəˋlun] 名 氣球
  （源自法語）
- ga•ˋrage [gəˋrɑʒ] 名 車庫
  （源自法語）
- po•ˋlice [pəˋlis] 名 警察
  （源自法語，可溯及拉丁語及希臘語）

❻ 含 -ion、-logy、-ity、-ic（al）、-graphy 等外來後綴的字彙，重音落在後綴的前一音節上。	• af·ˋfec·tion [əˋfɛkʃən] 名 影響 　→繼承中古英語，可溯及盎格魯法語及拉丁語 • tech·ˋno·lo·gy [tɛkˋnɑlədʒɪ] 名 科技 　→源自希臘語 • ac·ˋti·vi·ty [ækˋtɪvətɪ] 名 活動 　→繼承中古英語，可溯及盎格魯法語或拉丁語 • ˋlo·gic [ˋlɑdʒɪk] 名 邏輯；道理 　→繼承中古英語，可溯及盎格魯法語、拉丁語及希臘語
❼ 含 teen 的數字，重音落在 teen 上。	• sixˋteen [sɪksˋtin] 名形 十六（的） • sevenˋteen [ˏsɛvn̩ˋtin] 名形 十七（的）
❽ 含「-ty」的數字，重音要落在第一個音節上。	• ˋtwenty [ˋtwɛntɪ] 名形 二十（的） • ˋthirty [ˋθɝtɪ] 名形 三十（的）

4 英語句子的重音

　　英語的字彙大致上可以區別為「**意義字**」或「**實字**」，以及「**功能字**」或「**虛字**」，說明如下：

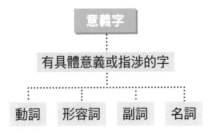

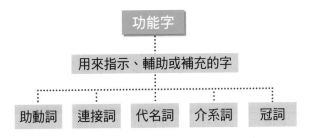

168 • The "veiled woman" is the traditional outfit for the farmwoman in Penghu. 澎湖農家婦女的傳統裝扮要蒙面。

意義字：veiled（蒙面的）、woman（女人）、farmwoman（農家婦女）、traditional（傳統的）、outfit（全套服裝）、Penghu（澎湖）

功能字：the、is、for、in

唸到「意義字」時，需要加重音；唸到「功能字」時，則輕聲快速帶過。由此急緩相間、輕重交錯，形成抑揚頓挫的節奏。

除此之外，強調特殊語意或對比的語詞，也要唸成重音。

• Guess who I bumped into yesterday?　猜猜看我昨天遇到誰？

→ 強調 who

• I don't understand.　我不明白。

→ 強調 don't

• It's up to you.　你自己決定！

→ 強調 you

有「can」的句子，重音落在「can」後面的動詞上；有「can't」的句子，重音落在「can't」上。

• I can swim.　我會游泳。

• I can't swim.　我不會游泳。

153

5 英語連音的規則

在英語口語中，由於字彙發音、重音和語調的錯落參差，因而會形成「**連音**」的情況。「連音」是英語聽說能力的一個瓶頸。在英語口語中，並不會像音標標示一樣，一字一句咬字清晰，而像「連音」、「省略」或「弱化音」等，都會造成聽者的誤解和學習障礙。「連音」並不是想連就連，是有規則的，以下介紹幾個連音規則：

子音與母音相連

兩個相鄰的字中，如果前一個字的字尾是「**子音**」，後一個字的字首是「**母音**」，便產生「**連音**」。

- come in　進來
- fall in love　陷入愛河
- look after　照顧
- run out of　用完

- take a look at　看一看
- think of　想到……
- turn off　關掉（電器）
- watch out　小心

母音與母音相連

兩個相鄰的字中，如果前一個字的字尾是「**母音**」，後一個字的字首也是「**母音**」，亦會產生「連音」。

❶ 如果相鄰的兩個字中前面的母音是「前母音」（如 [i]、[ɪ]、[e]、[ɛ]、[æ]），則兩個母音之間會插入一個 [j] 幫助連音。

- You must be in Hong Kong.
  你人想必是在香港。
- I would like to see another red hat. 我想看看別的紅色帽子。
- We don't go to school on Wednesday afternoon.
  我們星期三下午不用上學。

❷	如果相鄰的兩個字中前面的母音是「後母音」（包括 [u]、[ʊ]、[o]、[ɔ]、[ɑ]），則兩個母音之間會插入一個 [w] 幫助連音。	• **Go a**head. 請便。 • **How o**ld are you? 你幾歲呢？ • I g**o i**n and g**o o**ut trying to talk to everybody. 我走進走出，試著和大家說話。
❸	「h」開頭的字與前面一個單字連音時，[h] 常會被省略掉。	• I like the **h**ouse. 我喜歡這房子。 → house的 [h] 常會被省略掉。
❹	有兩個相同或相似的子音連音時，第一個子音常被省略。	• Sto**p, P**eter Pan! 彼得潘，停下來！ → stop 的字尾 p，可與 Peter的字首 P 連音。

6 英語語調的規則

　　表達語意不是只有靠字句，語調的高低急緩、表情的轉換變化、肢體語言的運用，都會影響語意的傳達，聽者會靠各方面線索判斷、感受說話者的情緒。而所謂的「**語調**」，就是說話音調的**抑揚頓挫**。世界的語言都有各自的語調，美國語言學家 Kenneth L. Pike 將英語的調高分為四級：

• **特高調（extra high）**：情緒激動或驚訝時使用
• **高調（high）**：用於關鍵字
• **中調（mid）**：一般說話的正常聲調
• **低調（low）**：降調的最低點

　　英語跟中文一樣，斷字和斷句的地方不同，就會造成誤會。所以，要以適切的語調表情達意，必須先正確**區分字詞停頓處**。區分語塊是學好語調的第一步，區分字詞停頓處有以下幾個方法：

1. 分析句子的基本文法結構及詞類順序。（如：主詞＋動詞＋受詞）。
2. 根據句子的語調、重音和節奏，區分出個別的語塊。（如：動詞／名詞／
   形容詞／副詞／介系詞片語）。
3. 停頓的地方應在一個片語之後；同一語塊中的字詞必須一起說完，再說
   下一個語塊：

(171) • They must make a decision by tomorrow.
　　他們得在明天之前做好決定。

　　• I'd like three tickets to London, please.　　我要買三張到倫敦的票。

　　• We arrived at the airport just in time to catch the plane.
　　我們到達機場時，剛好及時趕上飛機。

　　學會如何區分字詞停頓處，接下來就是該學習如何區分不同的語調
了。同樣一句話，不同的語調表現，所表達的語意可以有天壤之別。例
如：

(172) **A:** Would you open the window?　**A:** 可以請你打開窗戶嗎？
　　B: Sorry?↗　　　　　　　　　　**B:** 你說什麼？

➔ B的語調上升，表示**疑問句**，意思是指沒聽清楚對方在說什麼，請對方
　再說一次。

A: Would you open the window?　**A:** 可以請你打開窗戶嗎？
B: Sorry.↘　　　　　　　　　　**B:** 抱歉。

➔ B的語調下降，表示**肯定句**，意思是拒絕對方的要求。

敘述句（**statement**）的語調常先上升再下降

(173) **❶**

　　• We are|happy to|have you here.　　很高興您的蒞臨。

　　• We don't|go to the movies|much.　　我們並不常看電影。

156

「wh-」或「how」的疑問句,尾音要下降

❷

- What is the capital of California?↘   加州的首府在哪裡?
- Where is my phone?↘   我的手機在哪裡?
- How do you do?↘   你好。(第一次見面時)

附加問句(tag question)

　　附加問句的語調不同,意義也就不同。語調**上揚**時,表達不確定的語意;語調**下降**,表達質疑、反諷或明知故問的語意。

❸

- It's very interesting, isn't it?↗   那很有趣嗎?
- It's very interesting, isn't it?↘   那很有趣吧?

- You can't drive a car, can you?↗   你不會開車嗎?
- You can't drive a car, can you?↘   你不會開車吧?

- Max has finished his work, hasn't he?↗   馬克斯是不是做完工作了?
- Max has finished his work, hasn't he?↘   馬克斯不是做完工作了嗎?

be動詞和助動詞起始的「Yes/No問句」,尾音要上升

❹

- Are you going away for your vacation?↗   你現在是要去度假嗎?

- Do you like to go out eating?↗   你想去外面吃嗎?

- Can I use your toilet?↗   可以借用一下你的洗手間嗎?

p. 017

這隻小豬上市場去。
這隻小豬待在家裡。
這隻小豬吃烤牛肉。
這隻小豬都沒吃。
這隻小豬哭叫著：「哇！哇！哇！」
一路哭回家。

p. 021

一個水手出海去，去，去，
看看他所能看，看，看。
但所有他能看，看，看，
還是深藍海底的海，海，海。

p. 025

莎莉穿著紅洋裝，
紅洋裝，紅洋裝，
莎莉穿著紅洋裝，
一整天。

p. 029

雨啊，雨啊，快走開，
改天再來吧，
小強尼想要玩。
雨啊，雨啊，快走開。

p. 031

瑪莉·麥克小姐，麥克，麥克，
全身穿著黑色，黑色，黑色。

有著銀色鈕扣，鈕扣，鈕扣。
全在她的背後，背後，背後。

p. 033

停！停！那個鍋子很燙。
趕快放下那個燙燙的鍋子。
你應該停下來，把鍋子放下來，
在我們兩個大叫「哎唷！」之前。

p. 035

小白花
小白花，小白花，
每日早晨你問候我。
嬌小又潔白，
潔淨又明亮，
你似乎很高興見到我。

願你在白雪中盛開成長，
永遠地開花成長。

小白花，小白花，
願你永保我家園安康。

p. 039

如果那面鏡子摔破了，
爸爸會幫你買頭公羊；
如果那頭公羊不能拉，
爸爸會幫你買台牛車。

p. 043

牛兒跳過月亮;
小狗看了笑開懷;
盤子跟著湯匙跑走了。

p. 047

倫敦鐵橋垮下來,
垮下來,垮下來,
倫敦鐵橋垮下來,
我美麗的淑女。

p. 051

划,划,划著你的船兒,
輕輕地順水划。
開心地,開心地,
開心地,開心地,
人生不過一場夢。

p. 053

叮叮噹
奔馳過雪地,
單馬無蓬橇。
穿越那田野,
沿路笑聲傳。

馬兒鈴鐺響,
心情多快活,
歡唱雪橇歌,乘坐雪橇上,
今夜多快樂。喔!

叮叮噹,
叮叮噹,

一路響叮噹!
乘著單馬無蓬橇,
哦,有多麼快樂!

p. 057

小湯米‧塔克,
為了晚飯唱歌。
我們該給他什麼?
奶油白麵包。

p. 061

拉許‧馬希爾去馬戲團,
他騎上大象,手拿蓮花。
他吃完蘋果糖和棉花糖。
然後他媽媽説:「走吧,我吃完了。」

p. 065

露西小姐叫拿鱷魚皮夾的小姐。
「腮腺炎。」醫生説。
「麻疹。」護士説。
「沒事。」拿鱷魚皮夾的小姐説。

p. 069

你為什麼放他走?
因為他咬我手指頭。
咬你哪隻手指頭?
右手這隻小指頭。

p. 071

伊尼、蜜尼、麥尼、莫
伊尼、蜜尼、麥尼、莫,
捉住老虎腳趾頭,
他若吼叫,要他付錢,

每天要付五十元。
媽媽要我挑選最好的一個。

伊尼、蜜尼、麥尼、莫，
捉住熊腳趾頭，
他若吼叫，要他付錢，
每天要付五十元。
媽媽要我挑選最好的一個。

伊尼、蜜尼、麥尼、莫，
捉住鹿腳趾頭，
他若噴鼻息，要他付錢，
每天要付五十元。
媽媽要我挑選最好的一個。

p. 075

我的邦妮躺在汪洋上，
我的邦妮躺在大海上，
我的邦妮躺在汪洋上，
哦！請帶回我的邦妮。

p. 077

我是只小茶壺，
矮又肥！
這是我的把手，
這是我的嘴兒。
當我燒開，
聽我高呼，
傾斜著我，
倒出水來。

p. 079

我曾經認識一個人叫李羅伊，
他喜歡吃小白菜，
他配著蒜頭、油和醬油一起吃
他吃完以後大叫，「天啊！再來一點。」

p. 081

普世歡騰
普世歡騰，救主降臨！人間歡迎救主；
萬心為救主預備地方，宇宙萬物歌唱，
宇宙萬物歌唱，宇宙，宇宙萬物歌唱。

大地歡騰，主治萬方！萬民高聲頌揚；
田野，江河，山崗，平原，響應歌聲嘹亮，
響應歌聲嘹亮，響應，響應歌聲嘹亮。

主以真理，恩治萬方，要在萬國民中，
彰顯上主公義榮光，主愛奇妙豐盛，
主愛奇妙豐盛，主愛，主愛奇妙豐盛。

p. 085

波莉，放上水壺。
波莉，放上水壺。
波莉，放上水壺。
我們來喝茶。

p. 087

有個農夫有隻狗，
他的名字叫賓果。
B-I-N-G-O，
B-I-N-G-O，
B-I-N-G-O，
他的名字叫賓果。

p. 089

跑、跑到波士頓城，
去拿枝糖，
一枝給你，
一枝給我，
一枝給迪克‧丹帝。

p. 091

五隻小鴨出門去，
爬過遠方一山又一山，
鴨子媽媽呱呱叫，
只有四隻回到家。

p. 095

打蛋糕，打蛋糕，麵包師傅。
快來幫我烤蛋糕。

p. 097

去市場，去市場，買隻肥豬；
回了家，回了家，跳吉格舞。
去市場，去市場，買隻肥豬；
回了家，回了家，輕快跳舞。

p. 099

睡吧，寶貝，睡吧
睡吧，寶貝，睡吧！
你爸爸守護著羊群，
你媽媽搖晃著夢樹，
夢樹為你落下美夢。
睡吧，寶貝，睡吧！

睡吧，寶貝，睡吧！
我們屋前溪谷高深，

小小綿羊在綠茵上，
毛兒雪白柔軟潔淨，
睡吧，寶貝，睡吧！

p. 101

有隻蒼蠅停在彼得小兔的耳朵上，
有隻蒼蠅停在彼得小兔的耳朵上，
有隻蒼蠅停在彼得小兔的耳朵上，
他輕輕拍牠直到牠飛走。

p. 103

跨過河流穿過森林，
喔風是這樣地吹著，
它刺痛腳趾凍傷鼻，
當我們穿越大地時。

p. 105

我奶奶是園藝大師。
她種了上千朵薊和荊棘。
她帶著手指套環和厚皮手套種花
她懷著母愛對那些雜草歌唱。

p. 107

小波比丟了羊兒，
不知道該往哪找。
不管他們，
他們就會搖著尾巴回家。

p. 109

山谷下，綠草生。
露西坐那兒，
像朵美玫瑰。
她歌唱，歌唱，
歌聲如此甜美。

161

圍著玫瑰花繞圈，
口袋滿滿是花束，
灰燼，灰燼，我們都站好。

三隻瞎老鼠
三隻瞎老鼠，
三隻瞎老鼠，
看牠們怎麼跑！
看牠們怎麼跑！
牠們追著農婦跑，
她拿了一把刀，
剪了牠們尾巴。
你今生可曾見過這等事，
這般三隻瞎老鼠？

我們就是這樣繞桑椹樹，
桑椹樹，桑椹樹，
我們就是這樣繞桑椹樹，
這麼一大清早。

蒙太奇女士幻想擁有
一件淺棕色洋裝上面刺了天藍色的繡線。
她丈量布匹，隨性縫紉，
加了胸花——鮮艷、粉紅的玫瑰花。

從前有一隻胖胖的黑猩猩。
整天吃巧克力和起司。
他大口咬，咔吱作響。
吃完還想要更多巧克力。

喬治·波治，布丁和派，
偷親女孩，弄哭使壞；
當男孩們出來玩耍，
喬治·波治跑掉了。

天使守護著我
整夜，整天，
天使守護著我，我的主啊。
整夜，整天，
天使守護著我。

我看著月亮，
月亮看著我。
上帝保佑月亮，
上帝保佑著我。

喔，你認不認識那位賣鬆餅的人？
那位賣鬆餅的人，那位賣鬆餅的人？
喔，你認不認識那位賣鬆餅的人？
那位住在杜利巷賣鬆餅的人？

p. 131

小兔子富富，森林裡蹦跳，
挖出那田鼠，拍他們的頭。

p. 133

叮叮噹，
叮叮噹，
一路響叮噹！
乘著單馬無蓬橇，
哦，有多麼快樂！

p. 135

泰迪小熊，泰迪小熊，轉個圈，
泰迪小熊，泰迪小熊，摸摸地，
泰迪小熊，泰迪小熊，秀鞋子，
泰迪小熊，泰迪小熊，會這麼做。

p. 137

我們祝你有個快樂的聖誕，
我們祝你有個快樂的聖誕，
我們祝你有個快樂的聖誕，
還有新年快樂。
我們帶來好消息，
為你和你的家人。
我們祝你有個快樂的聖誕，
還有新年快樂。

p. 139

我們祝你有個快樂的聖誕，
我們祝你有個快樂的聖誕，
我們祝你有個快樂的聖誕，
還有新年快樂。

p. 141

飢腸轆轆的河馬哼氣又咆哮。
粗野的土狼尖叫、怒吼。
大肥豬呼嚕、咆哮。
唯獨蜂鳥快樂地哼著歌。

p. 143

啪！鼬鼠跑走了

繞著補鞋匠的長凳，
猴子追著鼬鼠，
猴子覺得真有趣，
啪！鼬鼠跑走了。

一便士買一捲線，
一便士買一支針，
錢就是這樣花的。
啪！鼬鼠跑走了。

半磅兩便士的米，
半磅的蜜糖，
攪和一下更美昧，
啪！鼬鼠跑走了。

來來去去倫敦路，
進進出出老鷹區，
錢就是這樣花的。
啪！鼬鼠跑走了。

我沒空懇求和悲哀，
我沒空説甜言蜜語。
快點親我，我要走了，
啪！鼬鼠跑走了。

Exercise 1   p.034－p.035

A
1. [ti]
2. [pil]
3. [dɪr]
4. [tek]
5. [tɛl]
6. [edʒ]
7. [gæs]
8. [pɑrt]
9. [ˋæsɪd]
10. [ɑr]

B
1. [i]
2. [æ]
3. [ɛ]
4. [ɪ]
5. [ɑ] [ɑ]
6. [ɛ]
7. [æ]
8. [ɪ]
9. [ɪ]
10. [ɛ]

C
1. [i]
2. [ɪ]
3. [ɛ]
4. [e]
5. [æ]
6. [i]
7. [ɛ]
8. [i]
9. [e]
10. [æ]

D
1. b<u>e</u>st
2. d<u>o</u>g
3. C<u>a</u>nada
4. tom<u>a</u>to
5. t<u>ee</u>nager
6. mi<u>l</u>k

Exercise 2   p.052－p.053

A
1. [dor]
2. [sno]
3. [wɑtɚ]
4. [dɔl]
5. [ˋnudḷ]
6. [mun]
7. [pjʊr]
8. [wu]

B
1. [ɔ]
2. [o]
3. [o]
4. [ɔ]
5. [u]
6. [ʊ]
7. [u]
8. [u]

C
1. [o]
2. [ɔ]
3. [o]
4. [ɔ]
5. [ʊ]
6. [ʊ]
7. [u]
8. [u]

D
1. f<u>o</u>rest
2. b<u>oo</u>k
3. ph<u>o</u>ne
4. bl<u>oo</u>m

Exercise **3** p.070－p.071

A | 1. [dʌst] 5. [bɝd]
  | 2. [dɝt] 6. [fɝ]
  | 3. [ˋpepɚ] 7. [dɔg]
  | 4. [hʌg] 8. [lʌv]

B | 1. [ʌ] 5. [ɚ]
  | 2. [ɑ] 6. [ɝ]
  | 3. [ʌ] 7. [ɚ]
  | 4. [ə] 8. [ʌ]

C | 1. [ɝ] 5. [ɝ]
  | 2. [ʌ] 6. [ʌ]
  | 3. [ɚ] 7. [ə]
  | 4. [ə] 8. [ɚ]

D | 1. des<u>er</u>t
  | 2. cow<u>ar</u>d
  | 3. b<u>u</u>tter
  | 4. b<u>e</u>neath

Exercise **4** p.080－p.081

A | 1. [laɪv] 4. [haʊ]
  | 2. [naʊ] 5. [baɪ]
  | 3. [tɔɪ] 6. [bɔɪ]

B | 1. [ɔɪ] 4. [ɔɪ]
  | 2. [aɪ] 5. [aʊ]
  | 3. [aʊ] 6. [aɪ]

C | 1. [ɔɪ] 4. [ɔɪ]
  | 2. [aʊ] 5. [aʊ]
  | 3. [aɪ] 6. [aɪ]

D | 1. s<u>oi</u>l
  | 2. b<u>uy</u>er

Exercise 5   p.098 − p.099

A
1. [bɪg]   5. [ˈlædɚ]
2. [læp]   6. [kɑr]
3. [dɪr]   7. [rʌg]
4. [wɛt]   8. [lɛg]

B
1. [p] [b] [b]
2. [b] [k]
3. [p] [b]
4. [d] [d] [t]
5. [d] [t]
6. [b] [k] [g] [d]
7. [k] [g] [t]
8. [k] [d]

C
1. [k] [p] [b]
2. [g] [d] [k]
3. [t] [k] [t]
4. [k] [t]

D
1. ghost
2. school

Exercise 6   p.112 − p.113

A
1. [vel]   4. [lɪv]
2. [pis]   5. [zɪp]
3. [ðo]   6. [mæθ]

B
1. [f] [v]
2. [f] [ʃ]
3. [s] [z]
4. [ð] [s] [v]
5. [θ] [s]
6. [s] [ð]

C
1. [f] [s] [z]
2. [θ] [s]
3. [z]
4. [s] [z]

D
1. Smi<u>th</u>
2. gra<u>ph</u>
3. M<u>s</u>.
4. bu<u>s</u>y

Exercise 7 p.124－p.125

A
1. [brʌʃ]
2. [tʃɪr]
3. [dʒin]
4. [ʃo]
5. [ʃi]
6. [dɑdʒ]

B
1. [tʃ] [dʒ]
2. [dʒ]
3. [ʃ]
4. [ʒ]

C
1. [ʒ]
2. [tʃ]
3. [ʃ]
4. [dʒ]

D
1. pa<u>g</u>e
2. o<u>c</u>ean
3. plea<u>s</u>ure
4. pit<u>ch</u>

Exercise 8 p.142－p.143

A
1. [lun]
2. [bɛr]
3. [lon]
4. [wu]
5. [jɛl]
6. [tol]

B
1. [n] [ŋ]
2. [n] [m] [n]
3. [m] [l] [m] [n]
4. [r] [ŋ]

C
1. [n] [m] [t]
2. [w] [l] [ŋ]
3. [r] [l] [ŋ]
4. [j] [l]

D
1. li<u>n</u>k
2. un<u>i</u>on
3. ade<u>q</u>uate
4. bo<u>mb</u>

一次學會 KK 音標
融合字母拼讀雙效學習
二版

作 者	Cosmos Language Workshop
編 輯	賴祖兒／陳怡靜
主 編	丁宥暄
內文排版	林書玉
封面設計	林書玉
製程管理	洪巧玲
圖 片	Shutterstock
出 版 者	寂天文化事業股份有限公司

發 行 人	黃朝萍
電 話	+886-(0)2-2365-9739
傳 真	+886-(0)2-2365-9835
網 址	www.icosmos.com.tw
讀者服務	onlineservice@icosmos.com.tw
出版日期	2024 年 5 月 二版四刷（寂天雲隨身聽 APP 版）

國家圖書館出版品預行編目 (CIP) 資料

一次學會 KK 音標：融合字母拼讀雙效學習
（寂天雲隨身聽 APP 版）/ Cosmos Language
Workshop 著 . -- 二版 . -- [臺北市]：寂天文
化, 2024.05 印刷
　面；　公分
ISBN 978-626-300-256-2 (25K 平裝)

1. 英語 2. 音標

805.141　　　　　　　　113005662